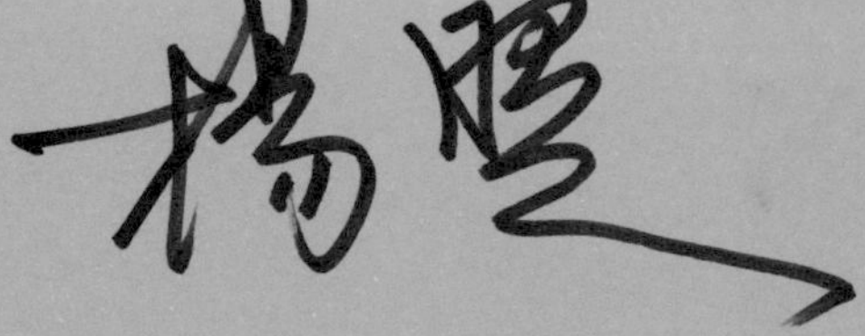

尋路青春

楊照

何況蘇花公路一路還有山與海的交錯變化，
海潮海浪以及海面光影晃漾，
再精采不過。

整個西門町的人潮，
基本上可以分為三種—
要去電影院買票的人，
買到票等電影開場的人，
和剛看完電影的人。

等我們磨磨蹭蹭晃到貴陽街口，
北一女放學的人大量湧出，
我們自虐地讓自己混在大群綠衣黑裙間，
感受更強烈的尷尬與窘迫。

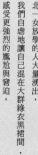

沿著馬路，
我們朝中山公園的方向走。
走了一段路，
向右轉進一條很安靜的巷道，
在一間很安靜的日式舊宅前停了下來。
然後，M從舊宅門裡彷彿像夢一般走出來。

在中華商場唱片行裡，
買了自己擁有的第一張古典音樂唱片，
貝多芬第六號田園交響曲。

人生中有一段時期，
我以為最大的幸福，
莫過於在一個安靜的下午，
接近黃昏的時刻，
半躺在小小的木船上，
手裡拿著一本詩集，
或一本帶著詩意的書。

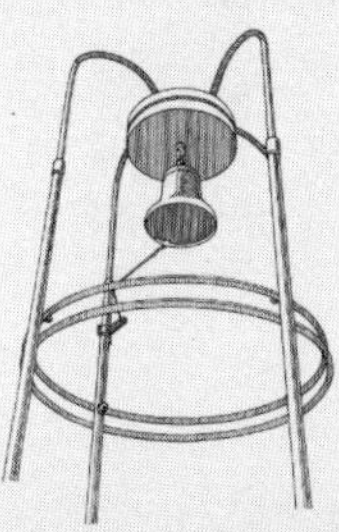

二十多年前，
臺大還沒有那麼大。

在達人女中的石階上，
我們談起夢想。
不過沒有談夢想實踐，
卻談夢想的破滅。

推薦序

那一年，我們開竅有點遲……

作家 陳柔縉

有幾個擠著頭的印象。

三十多年前，在北一女，小黃同學帶她老姊稀罕的隨身聽來，大家兩兩輪流，一人塞一邊耳機，擠著頭，搶聽西洋歌，壓著笑，唯恐一點噗哧干擾，追丟了流行的潮浪。又一次，大家像草地上的小麻雀，看到天上掉落的麵包屑，吱吱喳喳圍過來，擠著頭，搶看建中校刊的一篇奇文。

所謂奇文，仿莊子的《逍遙遊》，「北冥有魚，其名為鯤」，除了開頭這兩句一樣，以下開始偏離，大筆自揮，洋洋灑灑，總共十行。直看無異，橫看每一行的第一個字，從右到左，相綴起來，恰巧是「北一女的新書包沒水準」。

建中校刊恥笑的正是我們這一屆新生的鮮綠色書包。和校內高二、高三學姊揹的墨綠書包相比，舊包上「北一女」三個楷體字也像變形金剛，立起來，再壓縮變體成新包一個鮮黃的圓。老實說，我沒有被建中校刊激怒，反而暗地驚嘆建中青年的絕妙文筆。下一屆學妹改回舊款書包，我好像從來不知道可以問個為什麼，更不知道校外一篇文章和校內換書包有因果關係了。我高一那一年，發生美麗島事件，空氣有點停滯，喉嚨有點乾，腦神經傳導有點慢，高中生，許多方面，開竅有點遲。

很多年後，偶然才聽說當年的建中校刊社社長是楊照，那一期刊物如禁書被收回，原來，事情比我所知還大條。讀了楊照這本《尋路青春》，更知道我們的鄧校長當初還去人家建中興師問罪。我趕快查了北一女的百年歷史特刊，對這一個百年唯一的書包，卻只說「引起南海路友校揶揄，撰文諷刺」，沒有直率揭露「建中」之名，也少了楊照的名字，實在令人遺憾。靠那群早慧大男生的筆，學校傳統才免遭中途謀殺，北一女實在欠楊照等一班建中青年一個感謝。而我們這一年級雖然揹了被取笑的書包，三十年過後，百年書包，僅此一屆，似乎也應該感謝建中校刊社。

對楊照這種當年的文青來說，北一女放學，人潮湧出，他們會「自虐地讓自己混在綠衣黑裙間，感受更強烈的尷尬與窘迫」。北一女這邊呢？我記得好清楚，也信得很虔誠：楊教官告誡大家不要急著談戀愛，因為「上帝造人是造一對的」，妳的他是命中注定的，不會跑掉。整個班上，真的也沒傳過什麼建中戀愛事件，唯一比較刺激的，就只是教官拿著遠方「白哥哥」的來信，惹得班上一個人臉紅、其他人嘰嘰叫，如此而已。

北一女三年，下了課，重慶南路書街和城中市場才是順流方向，南海路建中那邊可是要逆流而上，不要說教官會碎碎唸，一般同學也沒那些個早熟的動情激素。

隨機問了幾個同學，結論差不多，我們就是呆青的一代。我曾經捧著國文課本大聲唸，要把矯作的捲舌音唸到自然；還黏了一張「迎接自強年」的大貼紙，在相簿的封底；有人竟然還被徵去參加過「戰時工作研習營」。

當然，我不能說自己沒有青春，只是青春得有點貧血，回顧會頭暈。楊照不一樣，如同他那麼早就知道以文字挑戰權威，知道去哪裡買黨外雜誌。楊照在那個時候，已經看到太多我所看不到，感受到太多我所感受不到的人事地。我讀這本書，有點像補修了青春課，既「補認識」建中，「補認識」三十年前的文青，也「補知道」臺北的七〇年代。

自序

一、

波特萊爾的詩：

老巴黎消失了
（一座城市的形體，唉，有著比人心還要更快的變化）

中文只能譯成「人心」的，波特萊爾的法文原文是：le coeur d'un mortel。關鍵在於mortel，特別指向有限的，必定會消亡的生命，呈顯出更強烈的對比。人必有死，相較於以磚石所造的城市，人壽如此有限，而人的感受與念頭，又是人類經驗中變動最快的。此刻想的、感受的，下一刻很可能就有了戲劇性的逆轉變化。

然而，走過巴黎街道時，波特萊爾卻如同被電擊般意識到：他所居住的城市已經徹底失去了其恆常特性，以讓人無從準備防備的速度，持續變化。應該提供我們安穩依賴的磚石之物，背叛了我們的期待，翻身比我們念頭的轉換，變得更快更劇烈。

描述如此的衝擊領會後，在這首標題為「天鵝」的詩中，波特萊爾接著近乎宿命必然地在心中召喚起了記憶，關於「老巴黎」的記憶：

曾經這裡有一座活動動物園
一天我在這裡看見——當天空之下
寒冷，盈透晨光，勞動者剛被喚醒
掃街工人將他們製造的塵暴推向沉靜的空氣中

他看到了一隻逃出來的天鵝，走向乾涸的水溝邊，懷想著牠曾經擁有過的水塘。變化的現實，讓詩人想起過去他曾遭遇過的，也正在想起過去的那隻天鵝，雙重的回憶交疊在一起。

二、

這樣的情感情緒，是由地理環境引發的。突然之間，發現自己熟悉的地景消失了，尤其當人置身在一個自以為應當熟識的地方，卻驚訝且尷尬地發現被陌生的形體、活動與聲音包圍。那時，消失了的地景，會以記憶的形式，格外強烈、明顯地，排山倒海地衝湧過來。

那一年一個夜裡，我開車到臺大，行經基隆路舟山路口，發現記憶中的舟山路變魔術般消失了；繼續前行，在基隆路上找到一個過去沒有的門，轉彎進去，到下一個路口後，我就迷路了，完全不知道要出席演講的場地究竟在哪裡。

帶點雨霧的夜色中，現實的陌生影像上，很快地疊上了二十多年前，我所熟悉的臺大校園。我彷彿看見年輕時候的自己，騎著藍色的破腳踏車，在舟山路的小門前跳下車，將車抬過鐵柵門檻，然後又騎上去，朝向造船館的方向去。二十多年前的我，感覺自己已經騎了很遠很遠，離開一般活動的臺大校園了，心中帶著一點無奈，要去造船館找高中死黨，跟他商量另一個高中死黨碰到的嚴重感情問題。

那很可能是大學四年中，我唯一一次走進造船館，也因而二十多年間，根本從來沒有回想過；但卻在那一刻，當我窘迫地迷路在現實臺大校園中，它不自主地回來重現在眼前了。那晚，回家之後，我寫下了這本書中的最早的一篇文章：〈有「傅園」的風景〉。

三、

之後一段時間，各種不同的機緣，將我帶到許多留有青春成長記憶的地方。我愈來愈明白波特萊爾試圖表達的，因為我也活在一個地理地景不再可靠的環境裡，非但沒有什麼是不變的，不論磚或石或鋼鐵都無法阻擋快速、劇烈的改頭換面。三十年沒見的小學同學，乍然相遇眉目依稀，然而很多才幾年沒有去到的地方，卻很可能除了地名，沒留下什麼舊時痕跡。

只留在我的記憶裡。變動不居的地景，因而就成了對於記憶最自然也最強烈的刺激。走到哪裡，熟悉的舊日時光不待召喚，也無從抗拒，就固執地服貼在陌生的現實影跡上。而且神奇地，被時間掏洗磨淡，理應褪色的舊日情懷，竟然就是比眼前歷歷的現實聲光，更清楚更深刻。

我將這一幅幅的舊日時光顯影寫成了一篇篇的文字，完成一本「記憶地誌」。還是用波特萊爾的比喻——現實的情景像是寫在已經反覆被使用太多次的羊皮紙上一般，再也清除不掉刮不乾淨的舊內容的滲入干擾，於是原本早已逝去的青春，從霧色中隱約穿透，可以被保留在今天當下的地理環境中。

以文字，摸索著回到青春的路途；同時，找到了青春當時尋找人生方向的種種摸索。

目次

少年回憶

青春是最大的奢侈

城市行走與鄉野漫遊

少年回憶

小房間鋪著地板，頂上有個天窗，
陽光會從天窗上透下來，照到坐著的祖父的腳，
那是我對祖父最深刻的印象。

穿過海洋

我還在夢想著一種旅程，美國留學時從雜誌廣告上看來的。有那種專門繞航南美洲的貨櫃輪，船上附有少數幾個客艙，可以從佛羅里達登船，船啟程往南走，沿著南美洲的海岸線，到每個國家的大港就停靠一下，下貨櫃上貨櫃，通常過個夜，等天亮後再度出發往下一站去。到麥哲倫海峽轉折朝北，破浪平行航過阿根廷、祕魯、智利長長的海岸線，再經凶險的哥倫比亞，最後到達美國加州南部的聖地牙哥，結束旅程。從頭到尾，費時三十五天。

那會是多麼划算的三十五天。我將走過加勒比海，走過中美洲，走過神話、詩與魔幻寫實的家鄉。走過馬奎茲、波赫士、略薩、富恩特斯的家鄉，更重要的，我還能把印地安神話、李維史陀的《憂鬱的熱帶》、甚至波赫士的全集都帶在旅程上，在那小小的甲板上，有海天相伴，快樂讀書。

在我根深蒂固的偏見裡，繼續堅持只有航海旅行或者長程鐵路旅行，才是「真正」

的旅行。我們現在習慣的飛機航程，總有一段無法說服我的部分。你得脫離習慣的生活，進入一個無聊而且同質化的空間——機場，把自己塞進不見天日的飛機狹小座位裡，一步步讓自己封閉隔絕，然後在那個不管航空公司再怎麼宣傳廣告，都極度不舒服的座位上，經歷旅程中最關鍵的段落——把自己挪移到另一個地方去，卻得不到一點點挪移的訊息。飛機飛了，地面不見了。然後，飛機停止，不是將你載到你想像的異國，而是到達另一個長得類似的機場，通過類似的行李轉輪和類似的海關窗口，這些儀式都結束了，才開始旅程本身，那時你已經因無聊而感到疲倦了。

長途鐵路旅行不是這樣。火車上的人從來沒有、從來不會離開窗外的實質世界。一點一滴一分一秒，實實在在地經歷挪移。從這裡到那裡，實實在在。貼地的感覺，讓旅行不會失焦，人還是人，恩怨德行不會被抽空了。所以會有阿嘉莎·克莉絲蒂《東方快車謀殺案》那樣的精采情節。那樣的報復謀殺集體共犯，只能在火車上進行，搬到飛機上就不能想像了。

至於航行海上，不會把人變成謀殺犯，卻有巨大的誘惑讓人都變成哲學家。某種業餘的通俗哲學家，自知其業餘，但又抗拒不了說出些哲學道理的誘惑。在袤廣的大海上，在全無遮蔽的天空下，人直接和宇宙、抽象的時間空間，肉到肉地碰觸，無所逃躲。所以錢鍾書的《圍城》，必定要從船上的場景開始，所有那些既正經又荒謬，既像鬼話又像真理的言詞，只能在漫長的海上航程中，才有了說服力。是的，大海大船大天空，就是會讓人忍不住腦中浮現各種明明是胡說八道的精采真理。

對於西伯利亞洲際鐵路，我只有靠克莉絲蒂幫我描述，但對於航海，至少是短程小型的航行，我有當年「花蓮輪」的記憶可供資借。

我曾以各種不同方式回花蓮。公路、鐵路、飛機，有的快有的慢，不過在時間完全不值錢的少年時代，快慢一點都不重要，要緊的是和海洋之間的關係。花蓮雖然和臺北同在島上，但只要曾經走過一趟蘇花公路老路，感受過一路彷彿騰架在海上雲端的驚險，很容易就會接受——臺北和花蓮間隔著海，必須跨過海，征服了海，才到得了花蓮。

以前蘇花公路窄到只能單向通行，車班總是走走停停，走的時間跟等管制的時間差不多。蘇花公路驚險到公路局要特別訂做車頭較短的巴士來跑，車頭夠短，司機才能精確掌握車輪與道路的相關位置。臺北到花蓮，一趟跑下來，差不多要八小時。從臺北發的末班車是九點半左右，別弄錯了，不是晚上九點半，是早上九點半，因為顧慮到蘇花公路沒有路燈，天黑了還走，那可真是玩命。

用性命與蘇花公路相搏，才有辦法克服橫在空間中，再巨大再具體不過的海洋。車窗望出去，海那麼近，幾乎就貼在鼻下，可是白浪的湧動，以慢動作般的速度展開，又提醒了海那麼遠。

在北迴鐵路完工之前，先有「花蓮輪」，從基隆出海，到花蓮入港，對我們來說，如此順理成章。花蓮本來就在海的那一邊，本來就要越過海，才到花蓮。登上八千噸的大輪船，感覺剛好是蘇花公路車程的逆反。車明明走在陸上，卻彷彿隨著海的呼吸在上上下下左左右右搖晃；船明明漂在海上，卻反而有一種奇特的堅實墊著腳底，我們可以一步一步走在海上，不會被海水沾濕。

站在船尾，看得到輪船螺旋槳努力翻攪出的白花泡沫，可是換個角度，無論選擇什麼當參考點，都察覺不出輪船的移動，它自顧自拚命在原處費力地動作嗎？那麼慢的行進，真的能走完巴士必須轟隆隆跑上大半天的距離嗎？

沒有人愛待在船艙裡。剛上到甲板，哇，那麼大，大過幾個籃球場的平鋪空間。可是只要走到船舷邊，靠著欄杆看到隨著雲影天色反映或藍或綠的海面，簡單測量一下海面與甲板的比例，空間比例觀念馬上變了，哇，那麼小的船！

從大到小，變化太戲劇性了，以致於很難理性地了解，而是直覺地想起《愛麗絲夢遊仙境》裡的情節，人瞬間變小變大，有一種過癮有一種刺激，也有一種迷惘迷惑，跟掉進洞裡的愛麗絲一樣。

認識湖水的深邃力量

腳踏車，儘管只是一臺九百元的迷你車，卻擴大了我的活動範圍，尤其讓我接觸到居住巷道裡沒有的溪河經驗。

騎著腳踏車出中山北路北上，過了圓山後，往右邊一直騎，可以穿過自強隧道到達外雙溪。隧道必然帶有的荒涼鬼氣，對喜歡試驗自己勇氣的少年有特別的吸引力。過圓山如果直直騎下去，就會到天母。藏在路底有天母公園，公園裡清涼嘩嘩的磺溪流過，水面比外雙溪窄些，水流更急些，因為沒有那麼多從山上沖下來的大石頭橫亙溪床中，溪底沒有蛤仔可以摸，但水更涼更清。

天母是個怪異的地方，然而不會比我們住的雙城街晴光市場更怪。天母怪的，就是有很多外國人居住，還有美國學校開在這裡。不過我們在晴光市場，看過許多美國大兵來來往往，美國人還會陪酒吧上班的小姐，到我們家開的服裝店做衣服，也會到同學H家開的修車廠修車子，沒那麼稀奇。

比較稀奇的是，傳說天母的地名來源都跟外國人有關係。故事裡講：外國人到了今天叫天母的地方，覺得很好很喜歡，就問旁邊的路人：「這是什麼地方？」路人一看是外國人講話，很自然的反應是回：「聽嘸啦！」外國人以為閩南語的「聽嘸」就是地名，以訛傳訛，就變成了「天母」。

小時候真喜歡這個故事，聽起來有趣極了。回頭問來問去，可惜，我們住的地方，就沒有這種傳奇。「晴光」是日本時代就留下來的名字，「雙城」是中國東北的一座城市移過來的名字，都跟「阿凸仔」沒有關係。

天母公園可以玩水可以打水仗，自己用竹管做水槍，身體從乾玩到濕透，從水裡起來，到旁邊的迷宮玩鬼抓人。那迷宮總共只有幾面矮牆錯落擺放，就可以遮去視野，鑽來鑽去誰也不知道誰在哪裡，被迷宮一隔，抓人遊戲好玩太多了！多增加了不可預測的運氣成分，隨時可能一轉彎就撞到鬼，同時也就增加了驚訝刺激。還有，每一個轉角都考驗你的反應速度，反應夠快才能不被抓，也才能在當鬼的時候抓得到人啊！

迷宮玩一玩，身體乾了，又可以回水裡去噴水槍。中午近了，旁邊有人烤肉傳來濃濃的香味。哇，肚子好餓。沒關係，水槍戰被噴得最慘的，就上岸去，反正旁邊一定有小攤賣整條吐司，別人是買來夾烤肉的，我們買一條，四、五個人就啃飽了。

不過孟子說得好：「曾經滄海難為水」，看過大海的人，回頭就不會再那麼欣賞河流景致了。我的切身經驗是「曾經平湖難為溪」，因為看到了湖，因為湖上的景色與經驗，讓我慢慢離開了外雙溪，也離開了天母公園。

我的第一片湖，不在臺北，是遠在花蓮的鯉魚潭。花蓮是爸爸媽媽的家鄉，尤其是爸爸那邊，親戚都在花蓮，叔叔伯伯姑姑表哥表姊一大串。放寒暑假時，很容易找到地方將小孩託放一下，讓大人喘口氣。

應該是小學五年級升六年級的夏天，到了鯉魚潭邊，帶我們去的表姊夫還很慷慨地判定——我夠大到可以學划船了。

木頭的船在湖上搖呀晃呀，看起來還沒有邋鞦韆來得厲害，誰怕誰啊？上去了才知道沒那麼簡單。邋鞦韆有其規律，船的搖晃卻是極度放大你的身體重量；這邊搖了，你趕緊要平衡自己，結果換成另一邊擺過去，差點整個人斜倒進湖水裡。

哇，開不得玩笑，我不會游泳啊！好不容易才在小船上背對著船頭坐下來，一握槳，又吃一驚，老天，用原木雕鑿出來的船槳那麼重！

亂划了一陣，放棄了，把槳交給對面的表姊夫，才真正感受到自己漂浮在湖上。離岸漸遠，山卻彷彿近了，從四面八方包圍過來。湖水隨著船的行進漾動，一波波水漣展現一種規律的數學模式。然而在固定間隱約有變換的亮點，眼睛看得漸漸要花了，身上才會意過來有風。輕微的淡雅的風吹著，然後才發現山上的樹並不是一片大綠靜止著，而是閒閒慢顫著，和船和風形成特別的節拍韻律。然後才進一步理會，山的綠有很多不同層次，顏色組合本身又是另一種無聲的，空間的韻律節奏。

湖的平靜既真且假，當下少年的我如此體會。湖水不像溪流那樣嘩然熱鬧，闖過膝脛的衝撞扎扎實實。湖水連打在前進中的小船側舷都有節有制，像在示範著雷老師教的小提琴重音拉法，瞬間摩擦出音量，馬上收回運弓的力量，讓後面的琴音平順酣美。可是湖水自有一種溪裡不會有的威脅，惘惘然藏著，水波愈是淺淺從表面劃過，就愈是提醒了，波下深不可測的水，和我們的船，和我小小的個人，如何不對等。

於是，我央求表姊夫再把船槳給我，重新讓船槳入水，不再只是操控船隻的動作而已，是跟湖、跟湖水的親密連接。臂膀上筋肉挺直的痠麻，具體訴說著湖水的深邃力量，和我對抗著，又具備我永遠無法揭露的神祕。

我一槳一槳划著，愈划愈怕卻又愈划愈起勁，終至將自己的虎口磨破了都不自覺，血跡留在船槳粗粗的木質紋路上。

奇特的溫暖

花蓮老家在中正路上，離老花蓮戲院不遠，也就離最有名的「液香扁食店」不遠。朝花蓮戲院相反方向走一段，路邊出現一所學校，叫做「吉安國小」。喔，原來那裡就已經超出花蓮市的範圍，進入吉安鄉了。

二〇〇〇年，我在《明日報》當總主筆，老友劉克襄在《明日報》的副刊有專欄，一回，他寫了一篇關於「吉安壽豐」的文章，在網路上快速引發了流傳狂潮。吉安鄉和壽豐鄉，都是花蓮的地名，都在花東鐵路沿線上，劉克襄從吉安搭平快車到壽豐，他買的舊式硬紙火車票上，正正直直地標示「吉安壽豐」四字。吉安壽豐，多麼討喜的祝福好話啊！

受克襄文章影響，一時之間，「吉安壽豐」車票大賣，還有旅行團遊覽車特別繞到吉安車站，只為了讓一車觀光客下車買「吉安壽豐」的車票，帶回家當紀念品。據克襄說，一兩年內，賣了十幾萬張，幫臺鐵增加了一筆意外之財。

有意思的是，克襄自己最早買的「吉安壽豐」車票，上面有標號，好像是九百多號吧！意味著從臺鐵開始經營花東線，到二〇〇〇年，半個世紀的時間中，從吉安到壽豐這段火車旅程，只賣了不到一千張平快票！

還真是冷門的一段路程，我問過花蓮各家親友，沒找到任何一個曾經搭火車從吉安到壽豐的人。對花蓮人來說，道理很簡單，火車是長程交通工具，誰會要搭火車去壽豐那麼近的地方？要去壽豐，一定是騎車嘛，以前騎腳踏車，後來就騎摩托車，幹嘛還要去火車站買票等火車？

說的也是。年少時候，我就曾經多次從中正路的老家出發，踩著腳踏車到位於壽豐鄉的鯉魚潭去。通常是暑假夏天中午過後，天氣並沒有想像中那麼熱，頂多就是在脖子上多掛一條毛巾，不必停車就可以擦汗。

記得路途中會經過機場附近，抬頭東張西望，卻不容易看到飛機的蹤影，班次太少了吧。必定看到的，是機場邊一家旅館的招牌，大剌剌地取名為「三寶大飯店」。「三寶」？在我們家日常語言中，不是拿來嘲笑差勁事物的嗎？「他的腳踏車好不好？」「啊，那三寶的！」。「三寶」幾乎就是「三流」的代名詞，把自己的旅館取做「三寶」，誰去住呢？

一定不是花蓮本地人開的。看著「三寶」招牌，想起花蓮人都熟悉的另一面招牌的故事。「森林木材行」，開木材行，取「森林」為號，不是再理所當然不過的嗎？然而，這家木材行營業沒多久，就倒閉關門了。大家才意識過來，店名取得有多糟。看，第一個字有三個「木」，第二個字變成兩個「木」，第三個字剩下一個「木」，第四個字呢？只有半個「木」，更別提第五個字完全沒有「木」了！木頭愈來愈少，生意怎能不每況愈下呢？

往壽豐的路夠長，可以想很多這類既有趣又無聊的事，同時感受自己跟花蓮奇怪的關係。我是個花蓮人嗎？親戚們都將我當客人，畢竟這裡沒有我自己的家，而且他們直覺反應第一句跟我說的話，幾乎都跟臺北有關。在他們眼中，我是臺北小孩，但沒有別的臺北小孩這麼熟花蓮吧？

熟到可以自己騎車到鯉魚潭，拿出五十元給船家，換來一隻船，還可以指定要我覺得最順手的那組船槳。熟到可以不必回頭探看，有把握維持船頭的準確方向，划啊划，划到鯉魚潭的對岸去。

我喜歡在湖裡一切都不必花費心思的感覺。手臂機械地動著，船就等速平順後退，水聲嘩啦啦嘩啦啦構成固定的節奏，快慢有致。周遭的山景似動非動，非動，讓人安心，不必分神應付；似動，又使得山與我之間，沒有固定的距離，沒有那麼生硬的彼此態度。似動非動間，山一直在朝我靠攏，什麼都不必做，就有奇特的溫暖，被某種神祕力量包圍著保護著的溫暖。

划到對岸，找個岩角把船卡好，緩緩在船上靠躺下來，看天光變化。下午的陽光在樹影上努力閃爍，彷彿像要撥開樹枝樹葉，刺進我的眼睛裡。然而再強再大的陽光，都奈何不了最細小的樹葉一絲一毫，只要沒有風，我就不必擔心陽光闖進來。

想起「北風與陽光」的寓言故事，其實不必然陽光比較厲害。陽光只能靜靜地變化，只有風能動。如此想著時，像是聽見我的翻案嘲弄般，陽光就換了位置，偏斜角度投到樹影邊緣了。湖水被照映著，呈現介於金色和黑色間的特殊華麗質感，原先的翠綠完全不見了。陽光一吋吋往我船尾逼近，它要繞過樹影叫我承認它的耀眼威力。我等著，算著，陽光每分鐘挪移多遠？還有多久就能撲上我的船呢？

等著算著，不過我知道那只是我跟陽光玩的另一場遊戲。它到不了的。離我的船剩下半公尺左右，陽光，那耀武揚威的金燦燦，就會突然消失，太陽落到山後面去了。

那也是我該拾起船槳的時刻了。把船划出來，划在又變了顏色，覆蓋著如固體般濃灰鐵綠色澤的湖水上，一邊向在岸邊張望的船家揮揮手，表示我就要回去了。

當夜色罩滿湖面

人生中有一段時期，我以為最大的幸福，甚至說幸福最大的可能性，莫過於在一個安靜的下午，接近黃昏的時刻，半躺在小小的木船上，手裡拿著一本詩集，或一本帶著詩意的書。讀著讀著睡意攏來，字句渙散，似醒似夢之間，感受到不知是書上記載還是我自己內在記憶的故事。

那時候，我經歷過幾件事了，幾件自以為堂皇重要的事。編過一本校刊，愛過一個總沒把我放在眼裡的女孩，後來又無望地愛過一個大我十一歲的女人。這類的事，讓我相信生命已經在我面前開展，讓我相信自己夠資格開始想像思考幸福究竟是怎麼回事，也夠資格刻意去尋找跟別人不同的，幸福的經驗，甚至幸福的定義。

一回，還是在花蓮的鯉魚潭，我突然厭倦於平常將小船划到對岸再划回來的路線，決定這次不橫渡湖心了，我要沿著湖岸周圍繞划一圈。離開了租船碼頭，我小心維持著船和岸邊不遠不近的距離。湖岸的景色漸次展開，帶著特殊迷人的陌生。那山原該是我熟悉的，卻從我不曾習慣的角度跟我招呼，不再是我主動觀看山岸，而是山岸主動喚我過去。無聲的聲音，在山樹間呼之欲出，似乎對我說著：「來，再往前一點來，我有話對你說。」

我一直划一直划，想聽到前面山岸要說的話。他會說：「你該像我，像我一樣堅毅挺拔」嗎？還是他會說：「你對生命的體會，要像我一樣深邃，一樣寧靜」呢？我每划前一公尺，那無聲之聲就往後退一公尺，我只能不斷地划，想確認我聽到了，那些只對我透露的訊息。

划到天漸漸暗了，不用看錶，我都知道大概還有一小時天就要黑了，而我沿湖才划了差不多半圈的距離。合理的選擇，是掉轉船頭，循平常的方向，穿過湖心回航，那就可以趕在天黑前回到碼頭。然而，我多麼不願意中止繞湖划行的旅程，彷彿我和包圍著湖的山勢，有了一個默契許諾，我該完成這趟簡單的旅程，他或他們，就會賞我一個祕密。「他」或「他們」，因為我不曉得，這巍立千萬年的山，到底該是單數或複數。

所以我固執地繼續划下去。天光愈來愈弱了，山愈來愈黑，心底長出了恐懼的線頭搔癢著。我知道，如果用力一拉，線頭就將帶出比黑暗更黑的，自己都無從評量的害怕。畢竟只有我一個人在船上，畢竟整個湖上只剩下我這條小船，畢竟熟識的船家因為太熟了不會等我而會先收攤回家，我有太多理由害怕。

所以我只能更固執地划下去，像跟誰賭氣般照著原路繼續划，要是改變航程方向，必定會更慌張更害怕。轉成墨色的湖水完全阻擋了我尋找碼頭方向的視線，我只能依靠湖岸的輪廓。在黑暗中，漸漸從線退化成線的暗示的指引，才有可能回到碼頭。

愈划愈怕，也就愈划愈覺得終點碼頭毫無著落。我迷失在湖中的航線上，開始擔心自己再也無法從這裡脫身。夜降臨了，我腦袋裡只剩下一個念頭，看見自己一直在划船，一直划一直划，回過頭，原本划船的少年竟然變成了面目枯槁的老人！

我無法確知到底發生了什麼事，只知道當夜色罩滿湖面時，突然有一瞬間，離我那麼近的山變化了，靜靜的黑影動了起來，在我眼前在我身後悄悄地變換了輪廓。先是變得尖銳尖利，像是惡魔乍然伸出的掌爪，繼而在我還來不及驚叫出聲前，又倏忽變得厚實柔軟，撲下來將我包圍住。我不再是湖上的划船少年，卻化成了湖的一部分，被山與山影同時懷抱著，因而感受到空前的溫暖，空前的安全。

山有呼吸，山有脈搏，山的呼吸脈搏起伏，毫不費力地引我找到了碼頭，我將船駛進人工造出的小灣裡泊好了，山才退去。我抬頭看見街上飲食店的燈光，身上似乎還殘存著山的體溫。

那當下，我完全找不到語言來形容這奇特的湖上經驗。我也以為，這奇特的經驗無論如何都不可能對別人訴說描繪。然而，還有更奇特的事等著我。回臺北沒多久，我站在重慶南路的書店裡，隨手翻開一本英國詩人華滋華斯的詩集。啊，那湖上黑夜的恐懼與恐懼後的溫暖，竟然就在那裡，在華滋華斯被用彆扭中文翻譯過的詩裡，不管那中文再怎麼彆扭，我都一眼就讀懂華滋華斯所寫的。為什麼？我幾天前在鯉魚潭所經歷的，卻進到了一百多年前遙遠英國詩人的詩裡呢？

我買下了華滋華斯的詩，帶到碧潭去。碧潭不是鯉魚潭，碧潭沒有鯉魚潭那麼廣那麼平。我去的時候，下午還很長，黑夜還很遠。可是就在碧潭河岸船上，我一次次讀著華滋華斯的詩，讀到水波搖晃搖出了層層睡意，在那個恍惚的交界點上，醒著的我在碧潭這端，夢著的我卻到了鯉魚潭，山在醒著這頭進入印著白紙黑字的書中，再從夢的那頭浮冒出來，變成黑底壓著暗金色的影子，重複一次先恐嚇再溫暖照護我的過程。

那一刻，我告訴自己，沒有更高的幸福形式了，我不相信人生還能在湖水山色與詩行之外，創造出更強烈的幸福。

如果我不存在了……

水是危險的，我一直知道。

小時候第一次的野柳之旅，記憶中完全沒有印象，相簿裡留下來的照片中，有一張是跟「林添楨銅像」合照的。林添楨手上拿著救生圈和繩索，他就是為了救人而淹死的。

小時候圓山有一座公共游泳池，取名「再春」，典故是另一位在基隆河裡因為救人而淹死的小男孩李再春。

我最早在再春游泳池學游泳，但沒有真的學會，就放棄了。放棄的理由很簡單，有一次去游泳，從泳池裡上來，卻發現自己的外褲不見了。怎麼找都找不到，一起去的同學斬釘截鐵地結論：「被偷了！」

那怎麼辦？有同學建議就穿著泳褲走回家。我寧死也不肯，穿泳褲走在大街上，太丟臉太丟臉了。不願只穿泳褲離開，又非走不可，那就沒有別的辦法了。幾個同學與奮地商量分工，彼此掩護，硬是去幫我偷了一件尺寸大小差不多的外褲來。匆匆套上，就趕緊離開，甚至不敢去想這件褲子的主人從泳池裡爬出來要怎麼辦。

從此我再也不去「再春」。不去「再春」，也就沒別的地方繼續學游泳了。不會游泳的人，卻偏偏最愛漂浮在水面小船上。自覺水裡蘊含的強大危險，那可以瞬間將我吞沒的水的溫柔力量。

國中時，在林懷民的小說集《蟬》裡，讀到一篇〈虹外虹〉。故事的背景是我當時已經很熟悉的碧潭，一個碧潭靜靜沒有什麼人的午後。

在花蓮鯉魚潭的經驗，讓我迷上了划船，開始找機會就搭一兩小時公車到碧潭去。最早到碧潭，總是不習慣那擁擠和嘈雜的環境。碧潭的湖面本來就沒有鯉魚潭寬廣，卻有那麼多人那麼多船，大部分的船又都控制在經驗技術都不足的人手中，簡直恐怖。甚至還有幾次我去到碼頭，根本租不到任何船！

還好，多去幾次，加上船家的指點，我找到了辦法。天氣熱的暑假，尤其是太陽毒辣辣的中午到三四點之前，沒有人會想要划船的。那是最安靜也最平靜的時刻。而且，其實沒有想像中那麼不適合划船遊潭。可以把船划出去，在潭邊找一個有樹蔭的角落，把船卡好，在那裡享受湖光山色，或者攤開書來讀，或者睡個午覺。那樣的角落、那樣的時刻，唯一會受到的打擾，只有一些立定主意就是要在碧潭游泳的人。他們也學會租一艘船，划到對岸停靠了，從船上跳進水裡。遇到他們，當然就提醒了我不會游泳的事實，以及這個事實背後似乎總會有質疑我憑什麼在湖上倘佯的危險力量。

〈虹外虹〉寫的正是我自己最喜歡的碧潭難得靜靜午後。一個年輕人自己划船出去，先是在潭中救了一個差點溺斃的人，然後鬼使神差，換他自己下潭游泳時抽筋往水下沉，如果晚幾秒沒遇到伸出來的援手，他就到鬼門關的另一頭了。

生命如是脆弱，尤其在碧潭上。不過這篇小說讓我讀得怵目驚心的，不只是描述人在碧潭上隨時跟神祕水鬼打交道的經驗，還有小說的結尾處。從鬼門關闖蕩一番回來的年輕人，搭車從新店回到臺北，感覺街上的人完全平靜平淡地繼續過他們的生活。他有強烈的衝動，甚至強烈的憤怒，想對所有路人大叫：「我差點死了你們不知道嗎？你們怎麼能一點都不在乎？」

有比死亡更恐怖的威脅。那是想到死亡之後，滅絕之後，自我意識消逝之後，這個世界會、必然會不受影響繼續照常運轉下去。我活著，或我不再活著，究竟有什麼差別？要如何說服自己，和死亡對照後，生存是真的有意義的呢？

我不曾有那麼戲劇性的瀕死經歷，但我知道那種突然與世界疏離的困惑。在花蓮度過幾週的寒暑假，回到臺北，總預期臺北的家中及其周圍環境，應該有些改變，讓我察覺並對我顯示我缺席的跡象。然而絕大部分時候，不論我如何努力尋找如何努力感受，就是沒有想像中的改變。

是不是意味著，我在或不在，沒有差別？是不是意味著，如果我留在花蓮沒回來，也沒有差別？我無法阻止自己繼續想，是不是意味著，有沒有我這個人，連對我臺北的家，新興國中的班級，雙城街的街坊環境，都沒有差別？我是我，世界是世界，我在世界中，但世界卻大可以不要我。這種古怪的感覺。

好長一段時間，我反覆讀〈虹外虹〉和《蟬》書中的其他篇小說，還特別找來了林懷民更早的小說集《變形虹》放在書包裡。每次出發往新店去時，總要檢查一下書包，確定這兩本書都在。到了陽光亮晃晃的碧潭，盡量用最瀟灑的姿勢將書包甩上船，熟練地划起槳來，繞著潭面，一邊在腦中溫習小說裡的場景與情節，同時溫習那明知沒有答案，明知不會有答案，卻總是反覆浮上心頭的問題：我存在，對這個世界的意義究竟是什麼？我怎麼曉得、怎麼證明自己真的存在過？要如何設想我不存在了，例如在碧潭被水鬼抓走之後，這個世界繼續運轉下去的樣貌？

一直想一直想，想到閃爍的陽光似乎都化為一個個大小不一調皮跳動的問號，弄得我頭暈，以為下一刻就將在眼前看到水氣蒸蘊而成的水鬼身影了。

那隱約、無法確知的危險

中山北路上，一下子少掉了兩棟大樓。

一棟是長春路口的國華人壽大樓，八〇年代後期，翁大銘呼風喚雨的時代蓋起來的。那時候，他蓄著長鬚、柱著枴杖、開著勞斯萊斯進立法院迎接攝影機鏡頭，是臺灣最「後現代」的景象。從立法院出來，「翁委員」就回到他位於國華人壽大樓頂樓的豪華住家。那棟樓，完全符合「翁委員」的後現代風格，刻意復古，活脫脫像是十九世紀巴黎河岸建築原樣搬過來的。

我還記得從美國回來，第一次看見那棟大樓。和朋友約在長春路上那家藏在滿溢春色大廈裡的臺菜餐廳吃飯。喝了一點啤酒，走出來，朝中山北路方向走沒幾步，眼前幻影般出現那棟純粹歐式模樣的樓，樓下人行道上還有特別設計的投影燈，一邊照得大樓古意盎然，一邊照得路樹葉影婆娑，那樓本身似乎從周圍脫離開來，自空而降的移植夢境。

一起走的朋友，熱愛西方近代思想史的學者，突然感慨地說：「翁大銘『俗得很雅』，比許多『雅得很俗』的建築師更好一點。我還寧可多一點人就像這樣規規矩矩認真抄人家的，別搞什麼四不像的『東西融合』！」

雖然那時我滿腦筋在想「臺灣主體性」的問題，面對那樣的景觀，卻想不出話來反駁我的朋友，因為我的視覺感官告訴我：「這，還真蠻美的。」

「見他起高樓，見他宴賓客，見他樓塌了。」不到二十年，那樓和翁大銘的政商王國，一併消失了。現在從長春路看過去，看到的是很現代，沒有一點時間風味的「中山市民運動中心」。

還有一棟也快快就被拆掉的，是錦州街口的富都飯店。我對「富都」沒有感情，然而「富都」的前身，是更有名的「中央大飯店」，我留有深刻印象。說得再精確些，當年，將近三十年前，中央大飯店頂樓有臺北唯一的一家「旋轉餐廳」，坐在餐廳裡，人不必走動，整個樓面會慢慢旋轉，讓你看到不同方向的臺北街景。這樣的神奇裝置，不可能不讓人好奇。

我從來沒有進過「中央」的旋轉餐廳，那是太豪華太奢侈的地方，爸媽不可能帶我們去的。等到我可以存錢培養足夠勇氣自己去時，旋轉餐廳已經機件老舊，早轉不動了。而且周圍陸續蓋起跟「中央」一樣高、甚至更高的樓，從「中央」頂樓也看不到多少風景了。

然而，每回走經原來的「中央」，後來的「富都」，都幫我回憶起另外一棟樓，一棟我叫不出名字，也找不到確切舊址的樓。「中央」、「富都」是那棟樓的替代記憶。

那棟樓在臺中，樓頂上也有一個「旋轉餐廳」。更重要的是，我小時候真的進了那家餐廳，吃了一頓有炸雞的午餐。我清楚記得，走進「旋轉餐廳」的第一個感覺——沒有在轉啊？失望中坐下來，請客的主人，我們叫「臺中阿媽」的，指著底下的樓房，我才察覺了原來旋轉餐廳是用那麼緩慢的速度在轉！

那是我記憶中第一次去臺中，也是我記憶中第一次走中部橫貫公路，也是我記憶中第一次住旅館。好多的第一次。

第一次用旅館裡附的牙刷，還有牙粉。家中從來都用牙膏，沒用過牙粉。牙粉只在電視廣告上看過，說是幫助抽菸的人去除口臭的。沒想到牙粉沾在牙膏上會變得黏黏的，刷在牙齒上又會有一種不舒服的摩擦。還有，旅館裡沒提供一般毛巾，只有小小條白色帶有奇怪味道的東西，叫做「紙毛巾」。像紙又像布，有點吸水又不太吸，很不舒服很曖昧的性質。

不過，所有這些新鮮事物，畢竟都抵不上中橫。照理說，我已經走過不曉得多少趟蘇花公路，甚至可以準確算出車子抵達清水斷崖的時間，所有車行的顛跛、危險，窗前風景的快速角度變化，我也再熟悉不過了。何況蘇花公路一路還有山與海的交錯變化，海潮海浪以及海面光影晃漾，再精采不過。

然而，中橫還是讓我驚異。不只是立霧溪那麼深的溪谷，到處懸吊的大小瀑布而已。還有那一個接一個的山洞，每一個洞口都顯現著奇怪的鑿痕。一座又一座反覆跨越立霧溪的大小橋樑，一下走到溪左，一下又回到溪右，那高高低低從來沒停過的山景變化，我感受到了走蘇花公路沒有過的強烈衝動。我希望車子慢下來，甚至希望車子停下來，這樣我才有辦法認真地、恣意地感受中橫。

像是聽到我心中的無聲請求般，我們的班車停下來了。中橫和蘇花一樣，都是單向通行，所以要等來車。我們下車看了美好的風景，按照車掌吩咐的時間又上車了，但車沒開。跟我們一起等錯車的大車小車，紛紛從我們旁邊過去，我們的車還是沒動。我們的司機在座位上一直忙著，然後又下車，再上車。等了很久很久，顯然通行時間過了，旁邊來了另外一批車，司機竟然下車跑到一輛貨車裡去。好一陣子，司機上車，貨車先開了，然後我們的巴士終於動了，緊緊跟在貨車後面。

乘客當然有著低聲的種種議論，爸爸輾轉打聽到了，我們巴士的大燈壞了。山裡馬上要天黑了，沒有燈怎麼看得到那麼複雜危險的彎路？可是又不能停留在半路，唯一的辦法，只好商量貨車在前面帶路，走慢一點，讓司機可以藉貨車的燈光開車。

講完這些，爸爸就沒再說話了，一下子，媽媽也不說話了。慢慢地，整輛車都沒人說話了，大家屏著氣隨車子的每一個彎輕輕搖晃。我不曉得爸媽在想什麼，我只知道那隱約、無法確知的危險，讓窗外的景色多加了一層超越現實的深刻迷人意味，再也無法忘懷。

「步行範圍」內的冒險

已經逝去的年代，生活中有今天很難想像的不方便，卻也有今天很難想像的方便。

剛去美國時，最好奇最有興趣的東西，是信用卡。臺灣沒看過沒用過的神奇東西，薄薄一片，帶在身上，就可以當錢用。怎麼看也看不出錢要怎樣藏進那一小片塑膠裡，更不敢相信拿那樣一張塑膠真的可以吃到飯買到東西。

遇到早去了幾年的臺灣學長，不無炫耀意味地打開皮夾，裡面赫然躺了好幾張信用卡。土包子如我者，才知道原來不同銀行會發不同的信用卡，所以一個人不只可以有信用卡，還可以有很多張信用卡。

當下，我馬上想起了小時候姊姊隨身帶的小皮包。裡面當然不會有信用卡，一張都沒有，而是有很多張公車月票。我還在念小學，大姊在內湖、二姊在士林上專校，都要搭公車。那時候有很多家不同的公車，自己開自己的路線，也自己發行自己的車票，這家車票不能用來搭另一家公車，如果希望來的車都能順利搭上，沒辦法，就只能隨身準備很多張票。二姊搭的路線，很多公車都到，好處是不太需要等車，壞處呢？每個月得跑不同地方辦好多張月票，市公車、光華、大南、大有、欣欣……。

那是還沒有「聯營」的時代。各自為政的公車，是生活上很大的困擾。不能只記得幾路公車，要更精確地了解哪家公司的幾路公車。有些號碼，特別普遍特別熱門，也就特別容易混淆。幾乎每家公司都有「五路」車，每家公司都有「十路」車，連平日再清楚再精明不過的爸爸，都有搭錯公車的經驗。

不過正因為這樣的不方便，就對照了走路的極度便利。臺北還沒發展成一個不適合走路的城市，出門不用先考慮車怎麼開、捷運站有多遠，而是信任自己的腳，先走了再說。

因而那個時代大部分的人，生活中有一個清楚的「步行範圍」，就是英文裡講的walking distance，跟這塊走路可到的地方，發展出特別的親近關係。

我小時候的步行範圍，界畫明確。北邊到圓山，頂多延伸到圓山山腳下的北安公園。南邊到南京東路，那裡開了一家欣欣大眾百貨公司，是走路可以到的最熱鬧地點。偶爾冒險多走一些，越過南京東路，就是幾條通幾條通，充滿日本味的區域，那裡逐漸發展出來的小酒吧，跟雙城街的氣氛很相似。往西走，會一直走到「大橋下」，雖然正式的名稱叫「臺北大橋」，我們都還是習慣那就是「大橋」。往東呢？行天宮是最理所當然的終點地標。

我們在這塊範圍裡遊晃走路，我們的同學、老師也幾乎都住在這塊範圍內。三年級的導師是我記得的唯一例外，他住在虎林街。老天，那是什麼地方？老師曾經邀請我們到他家去，我也去了。搭很久的公車，再走過一片綠綠的稻田，虎林街簡直就像是世界邊緣，和美國蘇俄沒什麼兩樣的遙遠地方。

只要在「步行範圍」中，我們就覺得安全，就覺得可以穿街過巷沒有關係。因而最接近的「步行範圍」反而才最有機會給我們探險驚奇。

在靠錦州街的一個巷口，我們發現了一個不一樣的玩具攤。攤上賣玩具，也提供抽獎遊戲。五元可以買一條紙條，一一剝開看裡面印了什麼樣的訊息。不同的是，這個玩具攤抽到的，不是大小玩具，而是實實在在的錢！花五元買十次機會，最多可以抽到一百元！而且神奇的是，第一次去玩抽獎的人，常常有機會抽到一百元，讓你驚喜到叫出來。

抽到一百元，趕緊到「紅寶石酒樓」隔壁，新開的一家餐廳去。那裡有用玻璃杯裝的冰淇淋，上面還插一片餅乾，這叫做「聖代」的東西，一客賣五十元。除非抽到頭獎，平常是絕對沒機會有如此豪華享受的。

剩下的五十元，當然又拿回玩具攤去試手氣了。五十元花掉後，你就對那種期待下一張紙片剝開跳出百元大獎的期待上癮了，以後領到零用錢，你必然會先回到玩具攤上的。

在吉林路的巷子裡，我們則發現了一家裝滿了書的店鋪，但那不是「盛大行」般的書店，而是另一種新鮮事物，叫租書店。店裡的書封面都訂上厚厚的紙板，讓書不容易翻壞，再在上面用簽字筆寫書名。租書店裡不會有參考書，卻有老師警告我們不准看的書，漫畫、武俠小說，還有一種老師都沒提過，我們原來也不知道存在的書。那種書看來就像一般的小說，不過裡面多了關於女人身體的描述，還有男人跟女人摟摟抱抱的情節，通常都放在書架最高的地方，要我們中間長得最高的同學墊腳才拿得到。

在晴光市場的小店裡，我們發現了玻璃大罐中躺著一片片巧克力，售價貴到只有領壓歲錢時才能買。冒險買了，冒險放進嘴裡，老天，那是什麼滋味！滿口都是融掉的巧克力，包裹著香脆的花生，原來，我們的嘴巴還可以感受這樣的東西，做為一個人，真是滿幸福、滿值得的！

安全與冒險，陌生與熟悉，日後將要分道揚鑣的生命情調，那個時節，竟然都在「步行範圍」裡神奇地統一了。

神祕又親近的美國

我記得，家裡第一臺電唱機，是三洋的。那年頭的電唱機，好大一臺，堂皇地站在客廳中。運送電唱機來的業務員，慎重其事地從包包裡拿出一塊東西，告訴媽媽那是特別的附帶贈品——唱片擦。用細緻絨布精製的，專門用來撫拭唱片上會有的灰塵。業務員再三交代，如果唱片不乾淨，就會傷到唱針，而受傷的唱針又會刮壞唱片。唱片唱針，一樣壞就必定兩樣壞。

我看著唱片擦，把手上有幾個英文字母。那時候，我甚至還不知道那是英文字母，然而我隨口就說：「三洋」。業務員嚇了一跳，媽媽也嚇了一跳。「怎麼會知道是三洋的？」因為上面的字母寫的就是三洋牌啊！

業務員真心稱讚的模樣，還有媽媽真心高興的模樣，讓我留下深刻印象吧，以致於到現在都沒忘記。那時我還沒上小學，幼稚園大班上了一學期就停了，每天混在家裡。

我是在家裡的第一臺黑白電視上，看到三洋電器的廣告，所以認得了那幾個字就代表「三洋」。可是，我不記得電視是什麼牌子的了，只記得大家都說，那是臺灣沒有的牌子。

電視跟電唱機不一樣，不是電器行裡買的，是從美軍顧問團裡轉手賣出來的。媽媽有一個朋友，在美軍顧問團旁邊開了一家專門賣仿製油畫的店，因而認識了一些裡面的美國軍官。透過美國軍官，可以得到許多美國東西。

我最早學到的英文發音，一定是ＰＸ，那是美軍福利社的簡稱。我接觸的第一件美國東西，一定是後來正式進到臺灣叫做「芬達」的果汁汽水。

媽媽說的，我沒有印象了，因為有ＰＸ流出的芬達橘子汽水和葡萄汽水可以喝，我總是要跟媽媽去那個朋友家。然後突然有一天，卻說什麼都不願意再去了。一說要帶我去那個朋友家，我就大哭大鬧。弄了半天，後來媽媽才曉得，原來朋友家的兒子，名字發音跟我的名字一樣，在他們家裡，我老聽到媽媽的朋友罵我。

是這位媽媽的朋友，幫我們家搶了一臺人家搬家帶不走的電視，讓我們家提早躋身電視家庭的行列。還沒買電唱機，先有了電視。

美國、美軍是我們那一帶日常生活普遍的一部分。我的小提琴老師雷老師，他哥哥也是畫畫的，主要也賣畫給美軍顧問團的美國人，另外一小部分，賣給住在天母的臺灣人，雷老師說的。那是我第一次對天母有了記憶，天母的臺灣人是會願意出我們難以想像的價錢買畫的。

離我們家很近的農安街中山北路口，有一家「圓山圖書」，然後沿著中山北路朝北走到民族西路口，另外有一家「林口圖書」。若是轉往南邊，還是沿中山北路，過了錦州街，還有一家「敦煌圖書」。這三家書店，都是賣英文書的。

我開始對書產生興趣，就對這三家在我平日遊逛範圍的書店，充滿好奇。在店門口繞啊繞，無論如何都不敢進去。一直到小學快畢業了，班上一位同學J過生日，他爸爸讓他邀了幾個好朋友，一起到雙城街上的「統一牛排館」慶生。那是我第一次吃西餐，第一次用刀叉，而且不只對我是稀奇的經驗，回家之後，連爸爸媽媽都忍不住詳細問我到底在牛排館裡看到了什麼、吃到了什麼。

從「統一牛排館」出來，J的爸爸說要去「圓山圖書」逛逛，我無論如何都要跟去看看。別的同學各自回家了，我巴著J跟他爸爸，終於進了滿間都是英文書的地方。讓我意外的，那地方沒有想像中古怪陌生。J熟門熟路站到一個書架前，拿下書來翻給我看。啊，那不是國語日報上看得到的《淘氣阿丹》嗎？J再拿下一本書，啊，是《小亨利》，那裡賣的《小亨利》上面幾乎沒有任何文字，就只有圖。而且我發現，不需要平常在國語日報上的那些旁白文字，其實都可以看得懂《小亨利》的故事。哇，多神奇，我竟然可以在英文書店裡看懂裡面賣的書！

除了畫廊、書店，還有許多美軍會出沒的地方。雙城街上酒吧分布的密度，絕對是全臺灣最高的。酒吧很好認，不管招牌上寫什麼，只要看有長頭髮穿高跟鞋的女人進進出出的店，就是酒吧。可是認得酒吧外觀，卻完全無助於了解酒吧裡面究竟在幹嘛。酒吧很神祕，最神祕的地方在——大人斬釘截鐵不准小孩問任何關於酒吧的事。

小學五、六年級吧，有一陣子班上的女生傳著讀小說，而且故做姿態不讓男生看。我好不容易央求Y給我瞄一眼她看得津津有味的小說書名，然後就到書展上仔細地找，我才不相信會找不到她們看的那本書。找來找去，找到一本書名類似的，叫《小寡婦》，我沒多想就買下來了。回家一讀，嚇了一大跳，《小寡婦》寫的不是別的，就是專門招待美軍的酒吧裡的故事，酒吧主人、酒女，還有光顧的美軍。藉由那本書，我終於透視到神祕兮兮的酒吧內部了！

沒多久後，我當然就知道了，Y她們女生讀的，是《小婦人》，不是黃春明寫的《小寡婦》。但我一點都不在意了，寫著我周遭酒吧故事的《小寡婦》，比《小婦人》精采太多了。

再過幾年，美軍顧問團消失了。媽媽的朋友把畫廊搬去臺中大里，雷老師的哥哥把畫廊搬去羅斯福路上。家裡的黑白電視壞了，換了新力的彩色電視，然而我們最常看，卻是好萊塢的黑白老片。一切都變了，只有《小寡婦》開啟我對臺灣現代文學的喜好，留了下來，一直沒有改變。

閱讀起點

小時候讀到的第一篇俄國文豪托爾斯泰的小說，叫〈一個人需要多大的土地？〉講一個很簡單的道德故事。有人交了奇特的好運，只要他從早到天黑跑一個圈圈，圈出來的土地，就都是他的了。於是他拚命跑拚命跑，無論如何要讓自己圈到的土地大一點，一整天跑完了，他也累得倒下來，再也沒有辦法起來了。所以，究竟「一個人需要多大的土地」呢？最終的答案是——一個棺材大小的土地，供他下葬永遠棲居。

讓我難忘的，不是小說內容，而是這篇小說的奇特來處。這篇小說，印在國中一年級下學期，第二冊的國文參考書裡。

班上每個人都用參考書，可是就我所知，沒有人跟我用同樣版本的國文參考書。我的版本，是在臺南印刷出版的，冷門的很。編者叫做何瑞雄，書是我在民權東路上「盛大行」裡找到的。

別人都用參考書，爸媽也讓我用，不同的是，他們讓我拿了錢自己去選。爸爸說：

「這麼一點事，總會自己決定吧。」所以我翻遍了「盛大行」書架上排列的參考書，很認真當一回事地為自己決定，才會意外遇見了何瑞雄編的怪胎參考書。

那是一本不折不扣的國文參考書，該有的課文、解釋、重點整理和模擬測驗，都有。可是在其他參考書都有的這些內容以外，多了很多東西。

難怪這本參考書，字印得比其他參考書都還要小。幾乎每一課，從「蔣公訓辭」到現代詩，參考書都附上了豐富的「參考內容」。但就像托爾斯泰的短篇小說一樣，這些「參考內容」好像跟課文都沒什麼直接關係啊！

我一直記得那本參考書，記得裡面甚至還有何瑞雄自己寫的詩。多年以後，證實了我小時就懷疑的事，何瑞雄是個熱愛文學、熱情寫詩，也參與過文壇活動的國文老師。他幹嘛編參考書？顯然不只想要幫學生準備考試，順便為自己賺一點錢；他是用參考書的形式，將文學偷渡給年輕學子啊！

我可以想像別的學生買了這本參考書回家，跟我一樣興味盎然地讀起托爾斯泰有趣的故事，家裡的大人靠過來一看，噢，原來是在複習功課，點點頭就離開了。本來在課業壓力下，沒什麼機會看課外讀物，也沒機會接觸課外讀物的小孩，或許就靠這麼一點偷渡的內容，保留了文學的根苗。

我一直忘不了少年時期，曾經領受到一位長者這樣的隱約用心。大學畢業，自己在文學出版圈稍稍有點交接，還在美國留學時，有一次暑假回臺灣，我還鄭重其事地跟那時在遠流工作的陳雨航提起編參考書的計畫。

雨航當然很驚訝，一個寫小說寫散文，又沒教過國中的人，編什麼參考書？而且參考書有參考書的出版流通系統，編參考書，幹嘛找遠流？

我解釋，我不是要編普通的參考書，我想做的是像何瑞雄那樣的工作，把它做得更大更扎實。既然臺灣是個考試至上的社會，既然為了考試，學生得花那麼多時間只讀課本，既然老師家長認為只有跟課本跟考試有關的東西才值得讀，那要解救臺灣的學生，讓他們不要那麼封閉那麼可憐，能做該做的，就是偷渡。把遠比課本豐富多樣的內容，用參考書的形式打進學生的生活，讓他們能理直氣壯不被罵不被沒收地讀真正的知識。而且我有把握，這樣的參考書打開學生的眼界，挑起他們的好奇，連貫了課本的條理，還一定可以有助學生在考試中得到較好的成績。

我不想找國中高中老師合作，更不想找參考書出版商，他們一定不會支持我的想法的。我們要做的，是一種潛伏的教育革命與文化改造運動啊！

暑假很短，沒一會兒，我又去美國繼續我的研究生學習了。遠流和雨航也有很多舊的新的出版計畫要忙，「編參考書救臺灣學生」的構想，也就不了了之了。

可是編豐富有趣參考書的想法，從來沒有離開我的腦袋。總覺得，當年在「盛大行」的角落裡隨便翻開一本參考書，竟然能啟發我看到那麼大的文學世界，何瑞雄給予我的，我應該要用什麼方式傳遞回報給下一代的臺灣小孩。

我的《新英文法》也是在「盛大行」買到的。又是另一本國中時稀鬆平常的參考書，卻在生命遊歷中，慢慢加深其意義的書。《新英文法》的作者是柯旗化，他是英文老師，也是幾十年被關在綠島的政治犯。靠著《新英文法》的流通，換來版稅，才養活了他們一家。柯旗化好不容易出獄那年，有本叫《臺北人》的短命雜誌專訪他。訪問中，他說到：「當政治犯最艱難的，是決定如何教小孩是非價值。教他們相信父親，因而懷疑法律與政府嗎？還是教他們聽從政府，因而厭惡父親？不管是那一種態度，小孩的人生路途都要付出很大的代價，不是嗎？」

我讀到這段文字，淚流滿面，真切感受到上一代的苦痛。我和當年幫我進入英文這種異質語言世界的《新英文法》，突然有了不同的聯繫。也和那民權東路上的小書店文具店，有了不同的聯繫。「盛大行」，做為我的閱讀開端，盛哉漪哉！

密語暗碼，也是低吟音樂

我晃著逛著，在一個既熟悉卻又總是充滿驚奇刺激的空間裡。以為應該逛得差不多了，卻在出口的地方，看到攤位上擺滿了我沒見過的封面。每一本都一樣，不，是乍看下以為都一樣，其實只有圖案一樣，書名雖然類似，卻不盡相同。

書名相似之處，是都叫《自選集》，不同處，當然就是前面的作家人名了。好幾十本作家自選集洋洋灑灑擺開，煞是壯觀。大約每三本中，就有一本我沒聽過的作家名字在上面。沒關係，我認識的其他三分之二，夠驚奇夠刺激了。

洛夫、張默、司馬中原、朱西甯、張秀亞……這是一家叫「黎明出版社」的攤位，作家自選集顯然是他們出版的強項重點。

多年之後，高中畢業的暑假，上了成功嶺受訓。連隊教室裡有一個不大不小的書櫃，可是長官們從來不會如實的稱它為「書櫃」，而是沿用比較貧窮克難時代的老名字——「連隊書箱」。我在「書箱」裡看到完完整整全套同樣的作家自選集，只有一個小小不同，這些書的出版者，不是我習慣看到「黎明」，而是「國防部總政戰處」。我恍然大悟，這些自選集之所以編輯出版，原始用意在充實全中華民國軍中「連隊書箱」，後來才交由國防部的外圍機關「黎明出版」擴大發行。

這是藏在歷史中，少為人注意的另類「臺灣奇蹟」。很難想像有別的國家、別的社會，軍隊與文學曾經連接得如此密切，那真的是歷史交雜的誤會與偶然才造成的奇觀。國民黨敗退到臺灣來，檢討丟失大陸的經驗，歸結到中國共產黨靈活的思想戰、文藝戰影響了青年學生，還進一步滲透進軍隊，才導致內戰攻守易勢，勝敗翻轉。

國民黨要強化思想教育，要強化文藝政策，可是在那個動盪的節骨眼上，別的單位，包括教育單位，都一窮二白做不了什麼事。百分之五十以上，甚至高達百分之七十的政府預算，都放在國防上，只有國防有錢，只有具備國防功能的事務，能夠有資源來推動。

原來文學可以強化思想，原來寫文學辦文學雜誌可以當反共復國後盾，那幹嘛不花點錢搞搞文學呢？於是軍中鼓勵寫作，軍隊有文學書進駐，軍方預算撥來編印文學雜誌文學書籍。「反共文學」當然是首要的支持對象，然而「反共戰爭」既然被領袖明白界定為「總體戰」、「全面戰」，那麼「反共」的面向寬廣，「反共」的定義也必然寬鬆了。

古往今來的軍隊，都要軍人思想簡單，也就都不希望軍人多看書多思考，只有在那被中共嚇得驚魂難定的二十幾年間的國民黨軍隊，把文學放進軍隊裡，甚至還讓軍隊成了那個時代文學創作和流傳的核心力量。

小時候，我是在國際學舍體育館的門口，第一次接觸到國防部編輯出版的作家自選集。翻看書頁時，眼角可以瞥見遠處高高掛著的籃球架籃球框，地板還畫著密密麻麻不同球類比賽的場地界線。

我從來沒有在那裡看過任何一場球賽，儘管叫「國際學舍」，我也從來沒在那裡看過任何一位「國際人士」。不只這樣，我認識的同輩朋友，沒有人在國際學舍看過球的，沒有人到國際學舍拜訪「國際人士」的，大家記得的「國際學舍」只有一件事——書展。

體育館裡不打球，卻長年辦書展，而且展的就是臺灣各出版社要拿到市場上販賣的中文書，絕對和「國際」扯不上一點關係，這也是一種小型的臺灣無厘頭「奇蹟」吧！

國際學舍在今天的大安森林公園裡，後面是一大片低矮眷村，跨過信義路的對面，是招牌高大醒目的「小美冰淇淋」。我已經無法準確記憶，第一次到國際學舍看書展的經過，應該是哪個姊姊先跟同學去過，然後又帶著我去的吧！只記得，發現那麼大一個體育館裝滿了書的壯觀景象，正好是「盛大行」愈來愈難滿足我的時候。我三天兩頭信步走進「盛大行」，一眼就能查知書架上有沒有新書。最大架的東方出版社兩大系列——世界文學名著和中國演義小說，我幾乎都看過了，平均大概每在人家店裡站著看完三本，會不好意思地買一本回家讀。而且就算難得有新書，那種閱讀的新鮮感愈來愈淡薄。《粉妝樓》的許多內容，不都和《小五義》重複嗎？看過《彭公案》，《施公案》就沒那麼刺激了。

剩下一小架現代文學真正吸引我。那裡每一本書都長得不一樣，外表、內容都不一樣。我剛剛找到一本「四季出版社」的《年輪》，裡面的文字對我撲襲而來，如同密語暗碼，又如同低吟的音樂。

如果「盛大行」多一些這種書就好了。怎麼也沒料到，在國際學舍簡陋的球場空間裡，聚集了超過「盛大行」幾百倍幾千倍的書，在那狹窄的走道上，人真的被書淹沒了。那裡也有東方出版社，可是在「盛大行」裡看起來那麼氣派的東方出版社書籍，到了國際學舍相對如此渺小，只是眾多攤位的一角。我貪婪地在各個攤位上東翻西翻，翻到了更多的密語暗碼，翻到了更多的低吟音樂，翻出了我之後幾十年與文字與書籍分不開的生命主題。

迷路的音樂

我反覆探索，還真的找不出自己曾經有過迷路的慌張恐怖感受，
怎麼可能，一個在音樂上一直一直迷路找不到方向的人，
竟然沒有現實街道上迷路？

堤防都阻擋不了的災難

國中時在學校操場踢足球，不遠處的背景上，幾乎隨時都有各式的重型機具，那是新生高架橋正在施工。跨越諸多路口的行車便捷，對那個年紀的人，沒有任何現實意義，真正現實的，不是高架，而是架橋之前，先要將本來的一條大溝蓋起來。我常常望著那凌亂的工地狀況想，真的嗎？難道大溝和溝邊的堤防，真的就要消失，同時帶走我跟大溝、堤防那麼多的記憶嗎？

那條水溝，身世複雜。它的南端接上原來的瑠公圳，所以有人直接將新生北路這段也稱瑠公圳。可是在附近住得夠久的居民會告訴你，北邊這段大排是大排，南邊瑠公圳是瑠公圳。瑠公圳從十八世紀開挖，是引南邊新店的水來灌溉農田。日本人進行現代建設時，將一兩百年自然發展的圳路做了一番整合，於是瑠公圳不再是一條水道，而是一個多水道的灌溉系統。而「大排」顧名思義，就是都市廢水排出的管道。灌溉和排水，不同的功能，不能亂混。

會造成混淆，是因為到了三〇年代，臺北城排水愈發複雜，日本人將本來北邊的大排，和南邊瑠公圳的一條支脈貫通連結，發揮更大的排水作用。南邊那段本來灌溉用，後來改成排水用的溝道，一九七二年又被加蓋建設成寬廣的大馬路，這條奪水路而成的陸路大道，命名為新生路。可是因為水路原本連結，所以順著南邊新生南路形成，北邊也跟著有了新生北路。

嚴格來說，新生南路名副其實有路新生，新生北路卻是掛羊頭賣狗肉。北邊大排並沒有跟南邊同時加蓋建設，只是整修了溝路兩側的堤防，讓窄窄的馬路從堤防上走。站在新生南路路邊，你會看到大大的車道，可是站在新生北路路邊，你只會看到眼前高高升起堤防。

堤防有斜陡的坡，坡上長滿了野草野樹，一年四季都有各色花開。其中最醒目的，有幾棵高高的樟樹，還有一排排茂密的夾竹桃。只要有樟樹，附近人家一定就有上吊男鬼女鬼的故事，傳得繪聲繪影。有夾竹桃，就有反覆對小孩的警告，提醒夾竹桃的花葉有多毒，不小心吃到了就會死翹翹。

我們常常在堤防上玩。同樣的遊戲搬去堤防上玩，似乎就比在巷弄街道或校園裡玩，多了許多野趣。堤防和溝路，還分隔開了我們的區域概念，堤防和溝路的另一邊，似乎就沒有那麼容易親近，帶著陌生與威脅的氣氛。

我前後兩個小提琴老師，都住在堤防那頭，我老是記得自己一次次提著琴盒，努力爬上堤防，繞到有橋可以跨越的地方，辛苦地去學琴。

第一個小提琴老師，是學校裡的音樂老師。開始學琴，有今天的家長小孩無法想像的簡單理由——我們的班級樂隊需要小提琴。不是因為爸媽喜愛音樂，不是因為別人有學，不是因為誰的鼓勵，純粹是學校每年有班級樂隊比賽，校長很重視，老師就有壓力。班級樂隊規定班上每個人都得上場，考慮到各種現實條件，大部分的同學，只能選響板、三角鐵或十八塊一枝的塑膠笛子。可是由這些便宜樂器組成的樂隊，怎麼得好名次？要好名次，大家的經驗，就要靠能演奏出好聽旋律的樂器——口風琴和小提琴。口風琴就鎖定家裡有給學鋼琴的女生，連鋼琴都學得起，一定有錢買一架口風琴，鋼琴的鍵盤手指，又可以直接拿來演奏口風琴。那小提琴呢？就找班上家境好一點的，鼓勵他們買琴學琴吧！

我們家那時在雙城街開服裝店，老師都知道我們家的華麗衣服，貴得很，專門賣酒吧上班的小姐。二年級的導師就上門來跟媽媽說小孩應該學學小提琴吧！媽媽怎麼敢跟老師說不？就這樣開始了我的音樂歷程。

小提琴老師是導師安排的，琴是小提琴老師代買的，每星期一次到老師家上課。在老師家第一次看到鋼琴，甚至也是第一次看到樂譜和譜架。夾好小提琴拿好弓，我拉的第一首曲子是「荒城之夜」。老師就用這個曲子教我同時認譜，同時聽音，同時記小提琴弦上的位置。老師拉一句，我跟著學樣拉一句，拉完整首曲子，老師就說：「回家每天練五遍，音要拉準噢！」

我很想照老師吩咐的做，可是回家打開琴盒拿起琴來，才拉出第一個音，媽媽就慌張地說：「到後面去，不要在店裡拉。」我進到藏在店後面小小的生活空間，才又拉了一個音，三個姊姊就齊聲大叫：「怎麼這麼難聽！」

別說每天五次，我根本找不到地方找不到時間，可以在家裡拉一次。沒有練，但下星期的課還是要上啊！上課時間到了，被媽媽推出門，拖著沉重的步伐，感覺平常嬉戲好玩的堤防斜坡，怎麼變得如此艱險。越過堤防那邊的房舍如此古怪，走啊走走到老師家，老師滿臉帶笑地一邊幫我調音一邊問：「練好了嗎？」我只能勉強點點頭，等待下一句：「那就拉給我聽聽看吧！」

上了一兩個月吧，有一天老師突然問：「你們家住哪裡？」我心砰砰亂跳，強烈的不祥預感衝撞著。不敢不回答：「晴光市場那邊……」連忙補上一句：「要過堤防，堤防另一邊。」希望老師聽到「堤防」也會覺得很遠。老師停了一下，還是繼續問，要我講清楚家裡的明確位置。

直到現在都記得，回家的路上，心底反覆響著「完了完了」的聲音，並不確定會發生什麼事，然而卻清楚預感那一定是件災難。看著眼前浮升如樓的堤防，我努力試圖說服自己，「沒關係，老師不會真的來，還要爬堤防過橋，太遠了，老師一定會覺得太遠，就不想來了。」那一瞬間，在我跟災難之間，只剩下堤防與大溝，那是最後一道保護，最後一點希望。

有鋼琴有譜架的客廳

小學二年級，我擁有了生平的第一把小提琴。到現在還記得，那把小提琴要價八百元臺幣，是一把單純入門的臺製琴。

第一次帶琴到學校練班級樂隊，發現自己的琴原來那麼單純，那麼入門。班上還有另外兩把小提琴——「姚」拉的琴，是德國製的，四千臺幣；「陳」拉的，則是日本製的，一萬臺幣一把。而且他們至少都學了一年以上，他們拉出來的聲音，跟我拉的如此不同。我得慶幸自己用的是臺製琴，還有一點藉口解釋為什麼我拉不出跟他們一般響亮的琴音來。

更糟的是，問了「姚」和「陳」，我才知道真的有「天天練琴」這回事，我也才知道老師幫我買的小提琴教本，原來一共有六冊，「姚」剛拉完第二冊，「陳」已經進入第四冊了，他們的爸媽每天盯著他們一定要練琴，沒練完進度不能吃飯。

我的情形剛好相反，偶爾勉強打開琴盒拉幾個音，爸媽和姊姊們就趕緊想方設法要我去做做別的事，省得他們要被難聽的琴聲折磨。我心裡清楚明白，讓我學琴，本來就只是對導師交代，班上湊滿三把小提琴，不至於在跟別班競賽時「輸陣」就是了。班級樂隊比賽上場能裝模作樣應付過去，我的小提琴也就可以收起來了。

然而不練琴去老師家上課，心情還是很緊張。老師怎麼可能看不出聽不出我沒練琴？儘管老師脾氣再溫和不過，臉上總是掛著笑容，我還是擔心老師隨時可能突然發怒，痛罵我不認真不拉琴。

一個星期天的下午，住在新生北路堤防那邊的小提琴老師，出現在堤防這邊的雙城街，我們家的店門口。才一聽到老師的聲音，我就躲到後門口，不由自主地哭了起來。我想我知道老師要來幹嘛，老師一定是來跟爸媽告狀：「怎麼有那麼懶惰的小孩，琴都不練，學了兩三個月，還拉得這麼難聽！」我想我知道爸媽會怎樣反應，他們一定會不好意思地一直道歉：「對不起對不起，我們忙沒管好，他皮不聽話，琴沒拉好，那老師你就處罰他啦！」更重要的，我覺得很委屈很委屈，爸媽絕對不會告訴老師他們也都不希望我練琴，他們只會把我推去讓老師打讓老師罰。

我的直覺反應是從後門溜走，去同學家開的修車廠。可是又不敢走，必須知道老師到底講得多嚴重。我聽到小提琴老師還是笑笑地跟爸媽寒暄，然後停了一下，預告要講重點了，才說：「以後可不可以叫小孩每星期來上兩次課？一次好像不太夠？」爸爸很快反應：「當然當然……」但是顯然媽媽有不同的顧慮。媽媽猶豫了好久，才說：「我們開店做生意，靠大家幫忙還過得去，可是也都是辛苦錢，而且誰知道客人今天來明天還來不來……老師也很辛苦，我們可以多交一點點學費啦，老師也很辛苦，但我們做生意同樣辛苦……」

老師聽懂媽媽的話了，連忙說：「不是這個意思，不是這個意思，多上一次課，沒有要多收錢，原來的錢就好了。只是要讓小孩進度快一點，他滿能拉的，一星期上一次課他不用怎麼練都可以應付，所以我想叫他多學一點。」

媽媽的口氣馬上變了，變得高興，我也放下了高懸的心。老師知道我沒有練琴，可是他非但不責備我，還要花費更多時間教我。

之後差不多半年時間，我更頻繁地跨過新生北路堤防，甚至開始有餘裕去探索堤防和堤防那邊的風景。堤防上有圓圓的公車站牌，上面寫著〇北。那個年代，臺北的公車系統不太發達，才剛發展到兩位數的公車路線，讓人眼花撩亂的兩段票三段票都還沒出現。搭公車，最基本最簡單的概念，就是記得五條以〇命名的路線。〇意味著這幾路公車都是繞圈圈的，從哪裡起就回到哪裡，然後依照繞的方位，分成〇東〇西〇南〇北，還有一個走中央的〇路。我們家的方位偏北，所以當然是〇北通過。然而〇北的名字，唸起來像是閩南語自誇罵人的「你爸」，小孩很快就學會如何在話語中混淆這兩者，創造出明明說了臺語，卻又可以不被罰的自得樂趣。

上小提琴課，要從〇北的「民權東路口」站，走到「稻江家職」站。理所當然那裡有一所學校，放學時間會有很多大女生擠在〇北的站牌下。不知為什麼，或許被那麼多大女生的形影嚇到了吧，我從來沒有弄清楚稻江家職確切的位置在哪裡。只感覺就剛好在我要上琴課時，神奇神祕地，從屋宇巷弄中不停息地吐出一個又一個，一群又一群的大女生。她們單獨看，跟家裡的姊姊沒太大兩樣，可是幾十個幾百個穿著一樣的制服，前後相接走在一起，就變得如此不真實，既像真人又像複製的影子，似乎從身邊交錯過去，她們就會在我背後變化，變得透明輕盈什麼的。黃色半鏽車身的〇北巴士來了，停一下又去了，回頭看大女生不見了大半，我真的無論如何不能相信她們都是被巴士載走了。怎麼可能！那麼窄小的車廂，那麼一大片的制服女生！

我一次次越過堤防，去到老師家有鋼琴有譜架的客廳，一次次試驗著可以拉出什麼樣的小提琴聲音，一次次感覺到人生原來有那麼具體的聽覺，耳朵原來那麼有用那麼有意思。新生北路的空間實景，在記憶中都帶上了一層音樂音符。

通往地獄的步徑

小學三年級的時候，我們家的服裝店生意一切順利，爸媽決定在本來兼做住家和店面的房子之外，多買一間房子。新屋就在對面，三、四兩層樓，一共五十坪左右吧，夠讓我們四個小孩一人分到一個房間。

還有五樓。屋頂天臺上搭了鐵皮棚頂，立了幾個鋼架，拿來存放服裝店需要的原料和機件。鋼架上有一排裸露的電燈泡，方便爸爸晚上取料。然而沒多久，最常用到那排燈泡的，卻是我。

每一個星期一晚上，吃過飯我就抱著小提琴上到頂樓，那是練起琴來最不容易打擾到家人的地方。我常常一練就練到超過午夜，愛睏得眼睛都幾乎張不開了，卻不敢停下來，不敢下樓睡覺。

因為星期二要去雷老師家上小提琴課。

我的小提琴啟蒙林老師教了我半年多，有一天他又跨過堤防，出現在我們家的店門口。林老師帶著興奮的語氣跟媽媽說，他當年在師範學校最棒最優秀的同學，從維也納回來了，林老師想把我轉給雷老師教。林老師顯然在上次跟媽媽商量上課次數時，對媽媽的反應印象深刻，馬上解釋說他前一天跟老同學見面暢快聊天，老同學豪氣地表示教學生不是為了賺錢，愈好的學生他就收愈低的學費，真的夠好的，免費他都願意教。林老師要帶我去給雷老師看看，如果雷老師認為我程度不錯，可以用跟林老師收的學費相當或更低水準教我，才轉去給雷老師，不然林老師會繼續教我。

媽媽沒有理由反對。第一次去見雷老師時，我連一首曲子都沒拉完。雷老師從頭到尾皺著眉頭，幾乎我每拉一個音他就糾正我一次，而且中間穿插指著樂譜問了好多問題，我一個都回答不了，因為我一個都聽不懂。可是大出我意料外，上完課，雷老師還是皺著眉頭，卻對陪我去的林老師說：「下星期開始正式上吧！」

我當時完全沒有意會到，更沒有預料到雷老師說的「正式」，有多「正式」。雷老師住的地方也在堤防的另一邊，不過跟林老師家又隔了一條寬廣的民權東路，離我們家更遠了。我去上課的步行路程，又多了十分鐘左右。雷老師跟林老師家一樣，一進門就擺了一架鋼琴。雷老師第一句話問：「會自己調音嗎？」我點點頭，走到鋼琴前面打開琴盒，準備對鋼琴的音高調音，雷老師卻沒有打開琴蓋，將我直接帶進琴房，拿出音叉，輕輕一敲，說：「調吧！」我不敢跟老師說我沒用過音叉調音，勉強摸索半天，雷老師問：「調好了嗎？」我說：「好了。」

「啪！」我先聽到聲音，在我肩頭上傳來，然後才感覺到痛，然後才意識到老師用手上的弓俐落地抽了我一下。我嚇到反應不過來，甚至沒有聽到老師說：「再調。」於是，三秒鐘後，肩膀又挨了一記。痛得我叫出聲來，眼淚也同時流了下來。老師用平靜的語氣，又說一次：「再調。」

不記得第一堂課總共挨了幾記抽打了。只記得出來前發現琴房靠牆站了一排，大約七八支琴弓，我忍不住打身體裡發起抖來。還有，記得，不能不記不敢不記，雷老師交代的上課規矩。第一，指定的作業要拉熟，要能背譜拉奏。第二，每首曲子要對節拍器拉三種快慢不同的速度，下次上課自己默數拍子要能準確拉出三種速度。第三，曲子是什麼調，就要同時練那個調的兩個八度音階加琶音。

這三條規矩，後來六年從沒有改變過，成為我每周二上課時，最大的惡夢。這三條規矩沒做好，一定挨打。三條規矩以外的，還有很多理由也可能挨打，不過那通常看老師心情好壞，不像三條規矩，絲毫沒有僥倖的機會。

一週又一週，我一個人在頂樓，就著昏黃的燈光，跟樂譜樂曲奮鬥。不只要反覆拉奏，還要想辦法將譜背下來。最恐怖的是幾本練習曲，凱薩、克羅采，同樣的句法在不同音高來來回回，怎麼背都背不熟。一邊練一邊背，一邊還要擔心地設想，這些曲子究竟藏了什麼玄機可能被老師拿出來問？大調小調，中間有沒有轉調，轉去哪裡又怎麼轉回來，為什麼這樣轉不是那樣轉？樂曲結構段落怎麼分？第一段跟第二段是什麼關係？第一段跟最後一段呢？這一段是否在後面重複出現呢？哪裡出現了前面都不曾出現過的新鮮元素，應該特別凸顯拉奏出來嗎？

夜色愈深，心情愈低抑。不管我如何準備，老師一定會問到我答不出來的問題。更難的是，就連一個我清楚明白老師會問的問題，我都十之八九答不好。老師一定會問：「你用什麼樣的情緒、感覺拉這首曲子？」我不能說我覺得害怕恐懼和厭惡。我必須去揣摩老師認為樂曲可以表達的感覺，還要用琴聲表達出來。老師堅持音樂中要聽到我的感覺，沒有感情的音樂是老師最痛恨最沒辦法接受的。

每個星期二，我提著琴盒在路口等待越過民權東路，心中總有深刻的絕望湧上來，如果有地獄，那麼地獄入口大概就像雷老師家門口那個樣子吧！過了民權東路，我就走上通往地獄的步徑了，每走一步腳就重一斤，每走一步天光就暗一分，往黑裡走，往痛苦裡走。

如何對自己誠實？

我跟雷老師學琴將近六年，學到了許多自己以為一定忘掉，卻要到中年之後才曉得無論如何都忘不掉的事。

雷老師打人打得兇，打我打得尤其兇。一上起課，有太多太多理由被打。調音沒調準會被打，背譜沒背對會被打，拉出不對的聲音當然會被打，有時候稍微一恍神沒注意聽老師講的話，也會被打。

那個時代很多老師都打人，可是沒有一個老師打人讓我那麼受不了。雷老師一貫用手上的舊琴弓冷不防抽打一下，其實沒有那麼痛，可是他打人時的表情，跟別的老師都不一樣。他不生氣，我幾乎沒有看過他真正生氣，他的表情明明白白是傷心。

雷老師反覆說他打我不是因為我對不起他，而是因為我對不起音樂。他反覆說，說到我覺得厭惡厭煩，要先學會對音樂和音樂家謙卑，才能學音樂。怎樣謙卑？認清楚一件事實：依照我們的平凡資質和平庸際遇，本來只能聽到一些簡單無聊的聲音的。然而，因緣際會，有了這些天才音樂家寫了這些了不起的作品，我們才有機會聽到不屬於我們生命本分的奢侈享受。學音樂是學技能重現這些音樂，學音樂是幫助我們提升自己接近音樂家的天才天分。

不懂音樂的人很可憐，他們的一生被關在有限的、貧乏的聲音裡。藉由音樂，我們變成不一樣的人，變成更豐富的人。我們要感激音樂與音樂家，我們要尊重音樂與音樂家，不是為了音樂與音樂家，是為了自己，必須抱持尊重感激態度，我們才有機會真的進入音樂的美妙境界裡。

我厭惡雷老師的話，他每次說我都在心底暗暗頂嘴：「美妙個頭！音樂只給我生命帶來痛苦！」我厭惡雷老師那副傷心的模樣，偷偷替自己辯解：「那麼多人連一個音都拉不出來，我哪有多差？」

印象中，有一次心裡的話脫口而出。應該是丹克拉的變奏曲，其中一個變奏怎麼拉都拉不好，不是觸到旁邊的弦有了雜音，就是背錯譜。情急之下我低聲說：「幹嘛寫這麼奇怪的變奏！」雷老師停了弓，說：「你再說一次。」我脾氣拗起來，就大聲說：「他幹嘛寫這麼奇怪的變奏！」

我預期雷老師的弓馬上會打在我肩頭。一秒鐘兩秒鐘三秒鐘，雷老師沒講話也沒動作，五秒鐘十秒鐘，還是沒有講話也沒有動作。大概過了一分鐘吧，雷老師才說：「你收琴。你回家去。我沒辦法再教你。我要罰你。」我渾身繃緊了，等待那一定很嚴重很嚴重的懲罰。雷老師說：「我不讓你拉琴了。你把琴留下來，人回去。走，就回去，馬上回去，這個禮拜不能拉琴了。」

我簡直不敢相信自己的耳朵，這是懲罰嗎？一個星期沒有琴拉，那會是多麼快樂的假期！我趕緊趁老師反悔前，逃了出來，一路像是偷到了什麼珍貴的東西般半跑回家，心裡還一直自我確認著：「哇，我沒有琴，不用練琴了！」

那一個禮拜，很快就過去了。又到星期二，又到了老師家。開了門，雷老師站在鋼琴前面，指著門口，輕輕的說：「你的琴在那裡。」果然，我的琴盒被放在我的腳邊。「你想清楚，要不要學音樂？老師拜託你不要學了。你只是在為我學，為了應付我學的，那樣沒有意義。你拎了琴走，就沒事了。回家去，回去，你跟音樂就沒關係了，也跟我沒關係。對自己誠實，如果你覺得一星期沒拉琴沒練琴也都沒怎樣，就好了，拎了琴回去。你真的覺得沒拉琴很不舒服，你才進來學琴。」

我愣在那裡好一會兒，心中閃過千百個念頭，最後決定拎起琴來走進去。我並沒有按照老師要的那樣對自己誠實，一星期中，我從來沒覺得不拉琴不練琴有什麼不好，我好得很樂得很，可是我無論如何不敢拎了琴走回家，我知道雷老師會有多傷心。不知道為什麼，我就是不能忍受他那種傷心的表情，不能忍受自己是讓他那樣傷心的原因。

三十多年過去，我還是無法評斷那樣走進去，究竟是對的還是錯的決定。走進去，打開琴蓋拿出琴來，站在譜架前拉出一個星期來的第一個小提琴音，我徹徹底底明白我就是為了雷老師才學音樂的。因為怕他，莫名其妙的恐懼所以學下去，如此就注定了幾年後，雷老師離開臺灣，我也就不再拉琴的結果。可是當時若是就照老師說的，回頭回家放棄了，我不可能有機會從雷老師那裡得到深厚的音樂訓練，成年之後，自己豁然認識了音樂之美與音樂之樂。

我能夠確認記得的，是那天上完課走回家時，沿著新興國中的長圍牆，我第一次感受到生命中的隱約無奈。有些事還真是沒辦法，大概是這樣的憂傷。像是對雷老師，為什麼我就是沒辦法在他眼睛注視下拎了琴回頭呢？為什麼我就是沒有辦法簡單地跟爸媽說我再也不想學琴了，可以把錢省下來？明明都可以做的事，卻又明明沒辦法，這是我以前從來不曉得存在的一種人生況味。

圍牆盡頭，是一座高高的陸橋，我得爬上去，才回得到家。

嚴厲而滄桑的聲音

記憶隨時戲耍著我們。記憶的戲耍來自於我們的輕忽與信任，所以記憶就能恣意變形影像與事件。

只有特別清醒的情況下，我才突然意會到，每當想起少年時代，眼前浮現的父親，包括他跟我說話的神情，都是進入老年後的模樣。我十歲左右，算算父親才四十來歲，就是我自己現在的年紀，當然不可能有那樣的老態。我記憶中，一個十歲小孩和年老爸爸的互動，絕對是錯的。然而，未老前的父親，就是那麼難以被記憶登錄，早早就被後來，我更熟悉的父親影像取代了。

還有一種完全相反的不忠實。有些人在記憶中永遠不老，尤其是那些和我們的生命交錯而過的人。常常在街上看到一張感覺如此熟悉的面孔，像極了二十年前就分手的女友，或三十年來沒見過的中學同學，心臟砰砰跳著，猶豫該不該打招呼相認。然後才驀地驚覺，那麼年輕的路人，不可能是我的前女友或同學。他們，那些前女友和同學們，應該都跟我一起老去變化了，不會保持記憶中的年少年輕。

另外有更詭異的情況。有些人明明應該是年輕的，我也從來沒見過他們老去後的樣子，可是記憶召喚出的模樣，卻總是比事實老上許多，無論如何改不了。

像是小學時碰到的老師們。認真用理智想，這些老師教我們的時候，不過就三十歲上下吧，甚至連中年都還說不上，可是在我的記憶中，他們總是老老的，以一種永恆的穩重老態出現。

完全無法想像，讓我最害怕的小提琴老師雷老師，當年絕對不是個老人。他師範畢業後，在臺灣教了三年書，有了我無法理解的奇特際遇，出國去維也納深造，靠製造名畫仿製品賣美國人的哥哥供應，在維也納和巴黎待了將近十年。這麼說，他開始教我時，不過三十三、四歲吧，應該是個英挺有型的年輕男子。

我完全不記得雷老師的長相，也沒有留下他任何照片。只記得一個高高老老的人，三不五時會推開我們家漆寫著「藝新服裝店」的玻璃門進來。即使我人就在店裡混著，他也不會改變永遠一樣的開場白：「李明駿在嗎？」爸媽當然客氣地招呼老師坐，同時連忙把我叫過來，可是雷老師總也不坐，像是帶點不耐煩地站著，也總是沉默不知道該和爸媽講什麼。

通常是星期六下午，雷老師把我從家中帶出來，穿過晴光市場到中山北路上等車。一離開家，雷老師就牽著我的手開始說話。他說的，幾乎都是音樂。有些話，他可以重複講一百遍一千遍。他會說要尊重音樂，不能隨便，樂譜上每一個音符都不能隨便。他會說這些音樂家留下來的作品太好太棒了，我們這些凡人其實根本不配聽到，更不配擁有這麼美好的音樂。音樂帶我們超越自己，進入我們本來沒有資格到達的地方，所以一定要珍惜。不珍惜音樂的人，別學音樂別聽音樂。

這些話他一直講一直講，我不可能沒聽到。他還講了很多很多其他的，調性和聲作曲家風格，那些我就沒有能力吸收了，不只是內容艱難超過我理解，更重要的是，我緊張到一直聽到自己不正常的心跳。

因為我太清楚再下來要發生什麼事。車子往城裡開去，經過火車站左轉那時候還沒有改成單行道的博愛路，再右轉衡陽路。下了車往回頭走幾步，雷老師帶我進了「大陸書局」，從一整牆的樂譜架上，熟門熟路取下一本來，退到書局角落，翻開樂譜，開始認真解說。

那個年代，書店店員可沒有什麼「服務業」的觀念，通常他們都自覺是看守者，看守書店財產不至於以任何形式損失，所以也就習慣擺出看守者會有的嚴肅與不耐。不過顯然雷老師和「大陸書局」建立了特別默契吧，站在那裡一站一兩個小時，從來沒有遇見店員來干預過。很多時候，我還偷偷查看店員到底都藏哪裡去了，多麼希望他們凶巴巴地來趕人，讓我可以不必繼續跟天書般的樂譜奮鬥。

雷老師的說法：「很多學音樂的人，只看要演奏的曲子的譜，簡直荒謬絕倫！」他選給我在「大陸書局」看的譜，都是我沒拉過，甚至沒有機會拉的曲子。從作曲家作品背景開始講，然後調號譜號，然後一行一行分析。一個樂章講完了再回頭，要我想像聽到樂譜記錄的音樂，再更細膩地挑出段落來比對研究。

好不容易從書店出來，雷老師一貫用輕鬆快活的語氣說：「我們散步回家吧！」那不是散步，那是漫長的街頭考試。雷老師把剛剛在書店裡讀的譜，變化出各種題目來。有的簡單可以背出答案來——「發展部轉去什麼調？」、「為什麼這樣轉？」——可是還有些一聽就只能傻眼說不出話來——「鋼琴伴奏第一個左手和弦是什麼？」、「你聽聽這段，應該選哪個把位拉？用三把跟用五把會有什麼不同效果？」

我永遠記得，沿著中山北路走回家，雷老師格外嚴厲也格外滄桑的聲音，一直在耳邊響著，問一個又一個問題。如果難得有了長一點的沉默，我就得趕快繃緊頭皮，果然，頭上挨了一記，痛得眼淚幾乎要掉出來，一路路樹因而變得模糊婆娑，枝影錯落。

想要迷路的衝動

星期二的下午，天快黑了，我提著琴盒從雷老師家走出來。那是年少時記憶中，最甜美的時光。

離下一次琴課，還有整整一個星期。快步走著，離雷老師家愈遠，肩上剛剛被打的地方，痛楚愈來愈模糊，然而奇怪，雷老師說的話，卻隨著反過來，愈來愈清楚。

通常我不會走對的路、直的路回家。繞過吉林路，穿越民權東路，再轉德惠街，從那邊過橋，遠遠看到統一大飯店的白色建築外表，在林森北路口的廟前晃看一陣水池裡的魚，盡量延長這段如釋重負的快樂時刻。

一般都是在吉林路上，才開始明瞭前一個小時上課時，究竟發生了什麼事。那應該是我小時候最奇特的自我經驗吧！明明上課時我就在老師家，就在那裡當場看著聽著，然而或許總是緊張提防著老師突如其來的脾氣和冷不防抽在肩上的琴弓，我從來沒辦法就在那裡直接、明確地感受。我的眼睛我的耳朵變形成為紀錄器，先記錄儲存下來，等到離開了現場，離開到夠安全的距離，那些被記錄儲存下來的影像與聲音，才在腦中播放。

真實卻又間接的經驗，奇怪透了，像是後來才有的，看電影入戲的經驗。坐在電影院裡看著看著，渾然忘記了自己只是個觀眾，誤以為銀幕上進行的，就是我正在恍惚體驗的，把自己當成在場的角色了。可是在關於雷老師上課的紀錄中，我明明就是在場的角色啊！

透過腦中播放的影音，我才知道，雷老師剛剛發了好大一頓脾氣，是針對我弓尖的運用。我總是將本來該用弓尖表現的地方，改成中弓。我從來沒學會怎樣分辨弓尖製造出的優雅乾淨，與中弓的平庸規矩，效果如何天差地別。

雷老師的教學很肉體，卻又很疏離。不滿意他就打，可是他卻從來不碰我的手。他從來沒有，一次都沒有，碰我的手矯正我的姿勢。他會示範，但示範前，他一定是說：「耳朵打開！」他示範的是聲音，而不是動作。他不要我學他的動作，他說：「我不管你怎麼拉，就是拉出這樣的聲音來！」

雷老師討厭「標準動作」，他冷冷地說：「在維也納，我從來沒看過兩個人拉琴動作一樣的。」他甚至不太在意弓法，我拉的過程中不小心錯亂了上下弓，他都沒怎麼管，他又有他的說法：「反正如果將來要拉樂團，會有首席幫你畫指法弓法。」可是他在意聲音，在意得不得了。每次翻開一首新曲樂譜，雷老師不憚其煩，一定重新問一次：「什麼是『聲音五要素』？」我也必然覆誦：「音高、音量、速度、音色和方向。」拉琴之前，我必須看清楚樂譜上這五項元素的要求，前面三項不難，難在音色與方向。

弓尖的運用，牽涉到音色，也牽涉到方向。雷老師再說一次：弓根可以發出雄厚有力的音色，中弓穩定沉著，可是只有弓尖可以優雅飄逸。音色的變化，也有其方向，從哪裡往哪裡發展，變化錯了，就「迷路了！」

上課中，雷老師原來說了那麼多次：「你迷路了！」走在吉林路上，我才意識到。該由粗而細的音色變化沒做出來，老師說：「你迷路了！」該從狂風暴雨中突然脫身進入神聖教堂的劇烈轉折沒做出來，老師也說：「你迷路了！」原來在音樂的領域裡，我是個胡闖亂撞的路痴。

我也才意識到，剛剛老師花了好多時間，跟我解釋什麼是方向性。方向性是古典主義時代，音樂最大的突破。光是為了這件事，我們就都該去海頓墳前磕頭，因為是他最早寫出方向感強烈清楚的音樂。巴洛克時代的音樂，是平板的，古典時期變成立體。海頓之後，沒有任何一個樂句可以沒有方向。從強到弱，或從弱到強，這是最基本最簡單的方向。還有和聲走向，是另一個簡單的方向。由鬆而緊，或由緊而鬆，不可能停著不動。要走，要分辨出來怎麼走，從哪裡走到哪裡，音樂性的差別就在方向感。

老師問我懂不懂，要我講他到底教了什麼？我笨笨地回答：「不能在原地不動。」老師嘆了一口氣，猶豫了一下，還是說了：「不管你現在懂不懂，就是給我記下來，也有些音樂是好像不動或動不了的。貝多芬很多奏鳴曲的開頭，都像是找不到主調，在那裡晃來晃去繞來繞去，但那不是真的不動，那是為了醞釀後面更大更強烈的方向動能，知道嗎？音樂最怕的，是無頭蒼蠅般亂竄亂飛，沒人知道你要去哪裡，最怕的就是找不到路，就是迷路，迷路就完了，知道嗎？」

我走在吉林路上，耳邊都是雷老師平靜但嚴重的話語：「迷路就完了，知道嗎？」我望著前面，熟悉的街角熟悉的房舍，突然感到極度的不耐煩，突然對於「迷路」這件事有了高度的興趣。我反覆探索，還真的找不出自己曾經有過迷路的慌張恐怖感受，怎麼可能，一個在音樂上一直一直迷路找不到方向的人，竟然沒有現實街道上迷路？

怎麼可能？怎麼可能不迷路？又怎麼可能讓自己迷路呢？剛跨過民權東路，我停在下一個巷口，探頭看看，確信那是我不曾走過的巷子，於是義無反顧地轉進去，希望這路會通往某個神祕陌生難以辨認的地方。

沒拍成的照片

舒國治寫過名文，叫「水城臺北」，平平淡淡四個字，卻含藏著真正「語不驚人死不休」的雄大企圖。「水城」該是威尼斯吧？再怎麼富於想像力，也很難將臺北和「水城」扯在一起。

臺北當然沒有像威尼斯那般被水包圍的環境，至少從原本臺北大湖被切出關渡水口，露出臺北盆地底部之後，就沒有了。不過，曾經作為一個大湖，怎麼可能沒有在臺北留下眾多水的記憶、水的痕跡？

舒國治是對的，臺北原本水路縱橫，早年發展的方向，受到水路很大的影響，水怎麼走，人的聚落就跟著怎麼變化。直到一百年前，帶著現代殖民經營使命感的日本人進來了，挑中臺北做為行政中心，開始用他們新學到的西方幾何理性進行「街路改正」，水路才逐漸失去地理上的決定性位階。

原本歪歪曲曲的巷路，一條條被拉直了，當然就得克服原本讓巷路長得歪歪扭扭的因素。巷路歪，因為水路歪。家住水邊最方便，可以取水也可以排水。要拉直巷道就要破壞水路，將本來的溝渠溪澗填塞起來，或掩蓋起來，用現代化筆直的自來水管跟大小排水管，代替本來溝渠溪澗的功能。

經過日本建城的努力後，臺北生活不再被水流水聲包圍了。水馴服在水管裡，要不然就被放逐到城市的邊緣河流中。

日本人離開後，很長一段時間，臺北人和流經盆地的幾條河流相安無事，然而進一步的變化畢竟無可避免。日本人的舊規畫，預期到二十世紀結束，臺北城的人口會增加到一百萬。但事實卻是，一九六〇年代中期，臺北市的人口就破百萬了。這還沒加上淡水河對岸臺北縣幾個衛星城市更快速更擁擠的成長。人多，排出的汙水就多，河流就愈來愈髒愈來愈臭。人多，需要的居住空間就愈多，河水能夠穿流的河床面積就日益遭到侵奪了。

累積變化到一定程度，淤積的河道愈來愈恐怖。平常發出擾亂生活的臭味，六月梅雨季，夏天颱風來襲，又必然「做大水」，淹水造成一年比一年嚴重的生命財產損失。

七〇年代之後，臺北進行新一波改造，高高的堤防陸續築起來，新店溪、景美溪、大漢溪、基隆河、淡水河，全都被圍在圍牆外面，徹底跟市民生活隔絕了。

算起來，六〇年代初出生的我們這一代，是最後一代臺北「水人」，水經驗到我們就結束了。小時候跟外婆去圓山「運動」，下山後固定到基隆河邊走走。那裡有一個河濱公園，公園裡的涼亭是全新的，做成像是巨大香菇的造型，頗具童趣。從河濱公園抬頭看，最美的景觀卻是舊的中山橋。日據時代的圓山是神社所在地，神社的起點是表參道，因為圓山跨立在河邊，表參道就以橋樑的形式建造了。橋的表面平直莊重，橋下則是圓拱的橋柱與橋洞，過橋的人看不到，要轉下來到河邊，才能感受那幾何圖形中理性和浪漫的巧妙結合。

那個年代，橋柱橋洞並沒有封住，很容易就可以爬進去。人在水泥橋洞裡看出去，看到河濱公園的大香菇，看到基隆河緩行的河水，看到兩邊河岸，心中有某種奇特的東西，就被啟發被打開了。

無以名知，勉強說是對於形象的好奇吧！就是在橋洞中，聽著水聲和頭頂車輛壓過橋面的隆隆聲相雜混，在形與音的變與不變落差中，我第一次萌生出要把爸爸的相機偷來用的衝動。

相機在爸爸手裡，有著一貫老式老派的穩重。爸爸教過我們怎麼調光圈快門怎麼對焦，方法都是固定、標準的。通常連在什麼地方拍照，要讓什麼景色入鏡，爸爸也都有他自己的標準答案。所以我不曾覺得拍照有什麼好玩迷人的地方，也不自覺地相信，有一天我負責拍照的話，拍出來的相片一定會跟爸爸拍的，一模一樣。

是在圓山水邊，十歲左右的我，突然感覺到自己原本的照相觀念何其錯誤。照相，把影像與時間分離留下來，是件多麼迷人又多麼自由的事。

我和姊姊密謀，有一天真的把相機帶了出來，看準了裡面還有十幾張底片。我們興奮地趕到中山橋下，從不同角度看那一弧弧彎曲曼妙，既靜又動的橋體結構，然後試著將橋體弧形和各種不同的背景型態相配合。然後走到河濱公園，走近基隆河，另一種新鮮的經驗開展了——第一次，透過相機的觀景窗，我設想著，如果快門這樣一按，眼前看的景象就被保留下來，可是視窗之外就消失了，尤其是本來跟此般景色貼合的聲音，就完全被隔離在外了。視覺永久存留，聽覺卻永久消失。我們的經驗，可以這樣分別開來，甚至還可以這樣改造。

我永遠記得那份發現的興奮。一整個下午我的臉都是通紅的。兩隻耳朵燒熱得難受。在水邊，我大概下決心三百次，要按下快門，拍自己生平的第一張照片，不過最後，一張都沒真的拍。因為和姊姊商量了半天，怎麼也想不出要如何瞞過爸爸，讓這些相片能夠沖洗出來。

這些沒拍成的照片，就只能存在我的記憶裡。沒多久後，高速公路開始興建，圓山的水景與橋影快速改變了。河濱公園拆掉了，基隆河也被圍起來，不再是我們生活的一部分了，最後，中山橋也拆了，想像記憶中的相片元素，就這樣完全解體了。

外婆村

小時候，每逢寒暑假開始，都有一種特別的興奮情緒。總是坐在桌前，慎重其事地開始列出假期計畫。有幾個項目是好幾年持續出現的：早起，五點半起床，跑家裡的樓梯上下運動，從三樓到五樓，反覆十趟，練書法，打掃房間還順帶幫忙打掃家裡，幫爸爸整理線紗賺零用錢……感覺自己會有一段充實而美好的假期，因而快樂著。

小時候，不會察覺這裡面的矛盾。如果按照自己列出的計畫過日子，那麼我的假期會比平常上學還要辛苦還要累。上學的日子被強迫著推著，都做不到該做的，沒有人強迫沒有人逼，又如何可能完成那樣的生活計畫呢？

所以，剛開始自己為自己安排生活的興奮很快過去了，計畫中的項目就一個個被忽略被遺忘，一直到假期結束前，才不得不對著原本寫得那麼工整的計畫表，再次承認自己真是個沒有毅力的小渾蛋。

一切計畫中無論如何少不了的，是不賴床每天早起。而一切計畫中，執行最低，最快就被放棄的，也一定是不賴床每天早起。

記憶中，那麼多個夏季冬季過去，只有一年暑假，我真的天天早起。那一年，外婆住在我們家，她每天五點鐘左右就把我叫醒，跟她一起去「爬山運動」。

外婆的作息跟我們不一樣，外婆的生活習慣也跟我們不一樣。媽媽從來不是個專職主婦，爸爸又從小灌輸我們自我負責的觀念，我們家中離「一塵不染」頗有些距離，但四個小孩每天要排輪值值日生，把基本的清潔收拾工作做好，只要低標過關，就不會被囉唆。

外婆來了就不一樣，她隨時都在收拾東西，隨時都在碎碎唸指責我們的混亂。她好像總是不快樂。童年少年的我們，很不願意被她的不快樂感染，開始想方設法躲著她。

幾個理由讓我沒有像姊姊們躲得那麼遠。第一，我是唯一的男孩，外婆明顯地對我差別看待。第二，儘管年紀最小，我卻是家中最強烈感受外婆帶來的飲食變化的人。和媽媽無心粗心做出來的飯菜，還是街角小吃店千篇一律的包飯菜色相比較，外婆的手藝真是天上掉下來的賞賜。外婆會做有特別名稱的菜，我們猜不出材料和做法的菜。例如，我最喜歡的是「西滷肉」，湯湯水水上鋪著一層金黃色鬆軟多汁的神祕物件。很久以後我才知道那是炸過的蛋汁鋪在類似臺菜「白菜滷」上面而成的，更後來才聽說那竟然是宜蘭的鄉土名菜。

我最好吃，外婆又最疼我，所以就有機會跟外婆「注文」菜吃，也因此不可能保持像姊姊們跟外婆之間的那種距離。

那個夏天，天剛剛亮，我就隨著外婆出門。鑽進晴光市場，看到菜販們正在擺攤，雞販的竹籠擠了滿滿的雞，肉販正在分解剛到的大片豬身，經過鐵門深鎖的一排委託行，從中山北路穿出來。右轉北行，空氣涼涼的，偶爾才有一輛車從路上經過，我們一直走一直走，走到中山橋上，外婆不忘記再說一次：「這裡以前是『神宮前』。」

外婆的「運動爬山」，就是拾階而上，繞行圓山。我盯著看，眼前龐大的高樓飯店在晨光中展現出特殊的柔和輪廓，與它平常的張揚霸氣，很不相同。周遭安安靜靜，聽得到雀鳥早啼，風搖樹梢枝葉輕輕的騷動。然後，超過了一個高度，驚人地，聲音環境令人來不及準備地改變了，人聲，說話的聲音取代了之前所有的自然安寧，藏在清晨圓山裡，有這麼多人！

有這麼多和外婆年齡相仿的人，還有那麼多講話口氣、講話題材都跟外婆那麼相近的人。突然間我被幾十個，似乎無窮多的外婆包圍了。我當然分得清哪一個是我真正的外婆，但是我的外婆徹底失去了她本來具備的，那麼清晰突出的獨特性。

在我們的生活裡，外婆是被她連綿不斷的嘮叨抱怨定義的。她委屈地講著舅舅的不是，舅媽的不孝；委屈地講著媽媽身上許多兇悍霸道的習慣，都不是她教出來的。這些話，讓我們辨認我們的外婆，外婆就是會說這種話的人，而且除了外婆，別人都不會這樣。

可是在清晨圓山，我卻聽到每一個圍著那一小塊空地休息的人，臉上有同樣走向的皺紋，嘴邊掛著同樣委屈無奈的笑容，然後講著同樣不孝的兒子媳婦，還有同樣不受教不夠文雅賢慧的女兒。她們淹沒了我的外婆。

我一直記得圓山是個外婆村。在那裡，我第一次闖進了老人群中，第一次感受到老人不只是以個人的個性身分存在於外婆身上，相對地，外婆不過是這共同老人質素的具體化身之一。我不再能用以前辨識外婆的方式找到自己的外婆跟這驚人「外婆村」其他人之間的差異。憑什麼她是我的外婆，而不只是一個外婆，任何人的外婆？

從圓山走下來，看著外婆的背影，我如此困惑著，那一整個夏天，花了許多計畫表上沒有預計的時間尋索著。

單車上的人生道理

我先知道「沙崙成衣廠」，在我還不知道「沙崙」是個地名之前。長大一點，每次到沙崙海水浴場，心中總有錯亂的影像。眼前開闊天際線下湧動的海浪中，浮貼著一層模糊的山壁幻影，山壁與山壁間夾著一條清澈的溪流，尋溪流的來向抬頭，看見一連串落差不大的小瀑布層層跌落，那瀑布酣暢跳動的水，跟海浪波濤彼此呼應。

「沙崙成衣廠」的字樣，醒目地寫在客貨兩用的小車車身上，而車就停在溪邊一塊碎石鋪成的空地上。那是外雙溪，我們幾輛腳踏車散亂擺在樹底下。「沙崙成衣廠」的客貨車，是至善路還沒拓寬之前，從外雙溪要進入內雙溪，唯一的公共交通工具。

我們開始到外雙溪玩時，溪裡就總是擠了很多人在摸蛤仔，溪邊還有人堆石頭烤肉，吵鬧不堪。如果不想在那裡人擠人，就往內雙溪走吧！

從外雙溪到當時被稱為內雙溪的連串瀑布段，頗有一段距離，走路大概要一小時左右。顯然不是每個人都願意走那麼遠，於是就幫位於山上的「沙崙成衣廠」製造了週末外快的機會。

我從來不曉得「沙崙成衣廠」的確切位子，更不曉得明明位於深山裡，怎麼會取了個海邊地名當廠名。不過我記得，那車子勉強擠擠擠，一次最多坐到十五、六個人。一趟收費五元，來回就要十元，車子白天不停歇地跑來跑去，還是不小的一筆收入呢！

我算過，一趟車如果收到五十元，來回九趟，差不多是兩小時的時間，就有九百塊了，夠買一輛我的迷你腳踏車。小學四年級，剛學到基本的平均數概念和乘法運用，而且剛得到了一輛腳踏車，爸爸帶我到萬華康定路「賊仔市」花九百元買的二手車，所有條件配合讓我對「沙崙成衣廠」的私營交通車留下深刻印象。

我沒有上過「沙崙成衣廠」的車，但卻常常拚命踩著腳踏車，在彎彎曲曲的山路上，跟客貨兩用車比賽。一邊踩，其實心裡毛毛怕怕的，想起媽媽強烈反對讓我在馬路上騎腳踏車時的表情，還有爸爸替我求情時給媽媽的保證。

學會騎車後，曾有兩件事讓媽媽暴跳如雷。

林森北路上，有新建好的新興綜合市場，樓上隔成住家出售，一樓和地下室則安排市場攤位，讓本來在傳統市場上做生意的人進駐。地下室賣雞賣豬賣菜，那麼多垃圾怎麼辦？當然要讓垃圾車能夠下得去載運了，所以有一道長長的斜坡從地面層通向地下，構成了騎腳踏車最過癮的加速道了。

才會平衡上路，我就被同學帶到新興市場去試膽量。那坡道長得令人頭皮發麻，可是既然來了就沒有打退堂鼓的道理。心一橫，把住龍頭就往下衝，車愈跑愈快，快到簡直要飛起來了，坡道還沒到底，我就連人帶車斜滑出去了。當然跌了個鼻青臉腫，車子沒散開，算是幸運。

一拐一拐牽著車走回家路上，同學訝異地說：「你怎麼一直衝下去都沒按剎車減速，這樣當然會跌倒！」

為什麼不早說！我還以為去那裡，就是要直直衝才英勇啊？怎麼曉得他們都有按剎車！

那次，當然很慘，身上塗滿了紅藥水，痛了好幾天。而且那麼醒目的傷口，媽媽看到一次就罵一次。連姊姊們那幾天都刻意避免跟我一起出現在媽媽面前，免得媽媽罵得不可收拾，牽拖到她們。

還有一回，沒跌倒沒出事，卻也挨罵罵得很慘。住在巷子裡斜對門，有一個幼稚園曾經跟我同班一學期的女生，我從來沒跟她說過話，不過她有一個小她一歲的弟弟，那個弟弟跟我一樣喜歡在巷子裡亂混亂玩。我經常騎腳踏車進進出出，有時在巷口碰到那個弟弟，他會故意湊到我旁邊來拔腿就跑，我當然知道他的意思，也就猛踩踏板加快速度，競速看誰先到達我家門口。

這樣玩了很多次，習慣成自然，根本連想都不必想。所以有一天媽媽問我：「你騎車在馬路上跟李宜靜的弟弟比快？」我內心毫無警覺，大剌剌地回答：「每天都比啊！」

媽媽氣炸了。這比去新興市場滑斜坡更沒腦袋，不只自己危險，還可能害了別人。兩個人那樣亂衝，媽媽就要擔兩份心，哪一個跌一下撞一下都是她跟爸爸的責任啊！媽媽誇張地罵：「你要撞要死隨便你啦，萬一撞的死的是別人家那個，我們拿什麼去賠？」

還好有爸爸說情，我才勉強保有騎車的權利，才開始了離開「步行範圍」認識這個世界的機會，也才能到外雙溪和內雙溪。那時候，我當然還無法體會，媽媽那份對別人的責任焦慮，會用什麼方式影響我長大後的思考與判斷。媽媽的表情、媽媽的眼神明白顯現了：與對別人的負歉相比，自己的損失容易承擔多了。

我也還無法體會，爸爸堅持應該對我，一個十歲的小孩，有充分的信任，不願意用限制的手段來保護我，是多麼難得的成人態度。在那樣的情境下，他要禁止我騎車，太容易也太方便了，可是他寧可多費工夫要我弄清楚，即使只是騎騎腳踏車，都有自己必須承擔的責任。

騎在外雙溪通往內雙溪的崎嶇道路上，我正要開始思考人生的責任問題。

最早體會到的永恆

我最早有印象的公車，是四十四路。站牌在我們家巷口林森北路上，站牌下有一家雜貨店，店門口擺一張小桌，順便賣車票和報紙。那時候錢幣的單位裡還有「角」，公車成人票一元五角，半票八角，票券是長條型薄薄一張紙。萬一車子很久等不來，媽媽都要叮嚀：車票不能老捏在手裡，手心多出一點汗，車票就會被泡軟泡爛了。那樣輕則挨車掌白眼，嚴重還會被車掌拒收因而上不了車。

四十四路車從林森北路南下，經過熱鬧的南京東路口、長安東路口，就遇到了寬寬的鐵道。車行地下道挖通前，每次經過都一定要等火車，等到天荒地老，等到每次媽媽都要提高音量抱怨，每次爸爸就再解釋一次，那裡是調度機房所在處，隨時都有火車來來去去。

過了火車鐵道，突然間，車子好像走進一個神祕的異鄉。兩邊的房舍燈光愈來愈稀疏，一直到完全不見了，代之以兩堵向前無限延伸的水泥高牆，遠遠才出現一根的路燈似乎就掛在牆上，除了牆頂綿延的鐵絲網之外，照不亮其他什麼東西。車子愈走愈快，可是景物卻都沒變化，讓人懷疑自己在一座鬼魅的洞穴裡。

那是早年的聯勤總部大營地。從東門一路伸展到南門，硬生生隔開了北區和南區。軍方勉強答應，讓林森南路從營地中央穿過，馬路兩旁再築起又高又厚的牆，才會有那樣古怪的行車氣氛。這塊地，到我上國中時，蛻身一變，變成了中正紀念堂，林森南路不能再從中央穿開過去，就在過了仁愛路之後鑽進地下，在地下的狹仄空間中走，竟然維持了原本洞穴式的感覺。

還好洞穴總有盡頭。那時候，不曉得洞穴盡頭再看見人間燈火的地方，有羅斯福路有南海路，更不可能知道羅斯福是誰，也不可能預見後來會有三年時間在南海路上來回走動，上學放學。那時候，只知道洞穴走完，就快到南昌街，就快到舅舅家了。

南昌街跟我們住的雙城街一樣熱鬧，甚至更熱鬧。雙城街上也有賣果汁的小攤小店，但爸媽從來不讓我們去買果汁。可是在南昌街上，過了寧波西街，爸爸會停下腳步，讓我們每個人買一杯檸檬汁，看歐巴桑拿出重重鐵製、形狀怪異的機器，將切開的檸檬放進去，把手一壓，檸檬汁就倒出來了。黃白檸檬汁倒進杯裡，給人特別的安全感與幸福感。

安全感與幸福感，還來自於從舅舅家開在南昌街上的文具行中，看十公尺外的福州街口。舅舅總是忍不住一次一次反覆地說，說我三歲那年在店門口玩，聽見賣烤番薯攤車搖著卡啦卡啦的竹具過來了。我說要吃烤番薯，正在招呼店裡客人的舅舅隨口答應了一聲。忙完回頭看，咦，怎麼小孩不見了？舅舅趕出來，看見小孩正朝馬路上衝過去的背影，舅舅連忙追出來，口中大喊：「有小孩！有小孩！」在那個繁忙路口上，所有的車輛被舅舅的吼叫聲硬是凍結住了，只差幾公分救下一條小性命來。

我一直都相信，如果沒有舅舅及時大吼奔出，就沒有我了。這也是我思考生命的開端，我無法不去想，「沒有我」究竟是什麼意思？我不在這裡，不在這個生命裡，會在哪裡？不是我的我的生命，到底如何理解？那個年紀，我當然想不出任何答案，可是我卻清楚記得，只要每次思考這明明不會有答案的問題，心中就會湧現對於竟然還有「我」能夠在這裡思考這件事的溫熱安全感與幸福感。

過了許多許多年，這份安全、幸福感都沒有消失。我喜歡讀哲學與哲學史，看不同的人如何試圖探索生命的根源目的。對於「生死」，我始終缺乏真實的感受，但對於

「如果不是這樣的生命？」我卻始終好奇。我回到三歲時，其實完全沒有記憶的南昌街福州街口，彷彿看到自己在廣闊的馬路中間，介於這個生命與另一個無從知曉的生命之間，兩個生命的恍兮惚兮搖動中，被舅舅決然地拉回這個生命，告別了另一個生命的所有一切可能，包括想像的可能。

而我是如何感激這個生命的復歸。文具店外一盞四十燭光的日光燈點起來，舅舅將小桌搬出來，擺上棋盤，邀爸爸對弈。我看著他們一手一手移動棋盤上的棋子，心中篤定。這盤棋或許爸爸會贏或許會輸，不過一晚上下下來，爸爸贏的盤數，固定總是舅舅的兩倍，這是不會改變，無論如何不會改變的。這是變動中的不變。

我於是錯覺，爸爸和舅舅這樣對坐下棋的情景，因而也不會改變。我們總是會搭四十四路到南昌路，喝完一杯檸檬汁，進到舅舅的文具店裡看舅舅將最新的玩具或鞭炮搬出來現寶，聽媽媽跟外婆總是在親近討論中夾雜爭吵爭執的對話，然後看爸爸和舅舅一次次挪動那棋盤上的棋子，得到同樣不變的輸贏結果。

那是我最早體會到的永恆。永恆不是靜止，永恆是變動總會回到原路的安全。我希望南昌街上眼前看到的，就是永恆。

記憶的暗巷

舅舅的文具店每搬一次家，我對臺北的認識，就多了一塊角落。沒有問，也沒有機會問舅舅，為什麼搬家一搬就搬那麼遠，從南昌街搬到萬華華江橋下，再來又搬到景美，都在臺北，但是這幾個地方彼此似乎沒有太多的共通處。

沒有問，也沒有機會問舅舅，為什麼每搬一次家，文具店的規模就小了一號，而他每天花在喝啤酒的時間，就多了許多。別的大人給我的感覺是，時間在他們身上幾乎沒有作用，所以他們看到我們小孩總是驚異感嘆：「長那麼大了，時間過得真快啊！」在我們的成長變化上，他們才知覺時間，這是他們「看著我們長大」的真義。唯獨舅舅不一樣，他似乎跟我們比賽變化的速度，與其說他看著我們長大，不如說我們難過地看著他清清楚楚在眼前老去。

高中時，舅舅搬到了景美，文具店再度縮小到只剩一個玻璃櫃裡擺放些鉛筆橡皮擦。店裡其他空間改放油鹽醬醋，舅舅還去申請了菸酒牌，所以鉛筆旁邊有一條條長壽菸總統菸，冰箱裡永遠有一排排的臺灣啤酒。

我偶爾去，舅舅總是高興地將小桌子擺到門口，邀我跟他對坐，像是當年他和爸爸對坐一樣。我取代了爸爸，跟舅舅下起象棋來。不過我們的棋下不久，一來因為我沒有爸爸的棋力，二來因為舅舅一邊下棋一邊喝酒，喝了一陣他的精神注意力就不在棋盤上了。外婆會過來叨唸阻止他再從冰箱裡拿酒，舅舅就不耐地反抗。外婆阻止不了，就叨唸得更厲害，舅舅就喝得更多喝得更猛。天才剛黑，舅舅已經將自己灌醉了。我只好尷尬地拒絕了外婆準備的晚餐，一個人走那條長長下坡的巷道，出興隆路等車。

雖然學校就在附近，但那一兩年，我竟然從來沒有回南昌街去看看當年舅舅文具店的舊址，一步都沒有踏到南昌街福州街口。放學出來，我們走重慶南路，或穿過植物園，不會往南昌街的方向。編校刊時，打字行在南海路南昌街口，送稿到了那裡，也不會再向前多走一步。

一直到高三，情況才改變。校刊編完，校刊社移交給學弟了，死黨們再度分班拆散了，大家都感受到聯考的壓力，也都不能再混了。我處在矛盾的時間感裡。一方面，黑板上快速減少的數字，顯示著聯考步步逼近，再緊急不過了。但是另一方面，沒有了可以晃蕩的友伴，又不敢安心閱讀課外書籍，讓我覺得每天的日子如此冗長，停留在無聊的課本內容上，不動了，等不到盡頭。

為了解決這樣難受的矛盾煎熬，我主動跟爸媽要了錢，去補習班報名補數學。那家補習班在南昌路上，好大一間，每天有好多建中學生進進出出。既然連建中學生都要補，也就更吸引了其他學校學生慕名而來。

不想去又不能不去的建中學生，就老喜歡拿那家補習班的招牌靠玩笑。補習班本來叫「朝陽」，建中學生就一定唸成「遭殃」。後來補習班改名成「文海」，建中學生又換用臺語唸成「穩害」。

我每週有三天，包括星期六下午，要自己走到南昌街去補習。讓自己意外的，我還真不討厭補習班的課。補習班的老闆，也是頭號王牌名師，用他沙啞到已經沒救的嗓音，從頭講坐標、幾何、三次方程式到虛數複數，條理清晰概念明白，我竟然都聽得懂。還有那一屋子上百個男男女女學生填塞出的擁擠氣息，上課前上課後一些男學生女學生偷偷摸摸的互動，我也竟然看在眼裡覺得自己都懂，不時在自己內心露著奇異的微笑。

有一次，下了課，很懶得跟別人一起擠樓梯上去，我就留在座位上等著，同時大概想些與文學或電影有關的無用之事吧。想得入神了，竟然沒察覺整班的人都走光了。突然有一個女生的聲音從門口傳來，輕輕地說：「他們要關燈了。」我抬頭，只看見黃衣黑裙閃過去，連忙收拾了書包走出來。外面，星期六下午的秋陽暖暖地照著，我故作無事狀又忍不住四下張望，卻怎麼樣都找不到那個黃衣黑裙的背影。

心中有什麼東西騷動著。我沒有按照回家應走的路走，選了反方向，沿南昌街走下去。睜大眼睛看街上每個背影，因而看清楚了街上每家店和每個招牌。離補習班不到一百公尺，有一家彈子房，在樓上。我突然有個衝動想去確認一下那裡會不會有高中生，尤其高中女生穿著制服混著。到了樓梯口，膽子不夠又退了回來。

就這樣走啊走，走過了寧波西街，發現自己已經站在從前舅舅文具店的位置上了。旁邊的眼鏡店，我配生平第一副眼鏡的地方，竟然還開著。文具店舊址和眼鏡店間，有一條窄窄的巷子。我想起來，巷子那頭有個閣樓，閣樓人家的小女兒，跟我差不多年紀，曾經跟我們一起玩。有一回，我們在閣樓上，突然停電了，那是我小時候經歷過最恐怖的黑暗。我幾乎都嚇哭了，因為無論如何不敢摸黑走下通往閣樓的那道陡梯。

我站在南昌街上，望著那似乎藏著許多祕密記憶的暗巷，發了好久的呆，遲遲無法走開。當下我知道，我遲早會以這條暗巷為背景寫一個關於祕密與記憶的故事。我只是不知道，還要等十幾年，那個故事才成形為我的長篇小說《暗巷迷夜》。

父子對坐

每個人生命中應該都曾閃過些意外的榮光，意外比榮光更使我們難忘，或說意外使得本來無足輕重的榮光，留下記憶刻痕。

國中時期，在升學主義籠罩下，每學期有一個最大最殘酷的考試，叫「競試」。跟平常月考不一樣，「競試」要全年級一起排名，一共二十二個班，超過一千個學生，從第一名一路排下來，排到一千多名，用大張的壁報紙寫得密密麻麻，貼在穿堂的大布告欄上。

國中二年級，每天踢足球蹺課亂混，成績當然好不了。印象中，二下的「競試」應該排在三四百名左右吧。我自己都懶得去穿堂人擠人看成績，等別人看了回教室告訴我。管它的，幾名就幾名。

上了國三，「競試」改個名字，變成「模擬考」，但千人大排名的形式沒改，只是從一學期一次，增加成一學期兩次。跟我一起踢球亂混的死黨們，幾乎都被分到放牛班去了，只有我一個人在升學班，上學變成一件很無聊又很寂寞的事。而且剛好那一年，住家從雙城街搬到民生社區，我開始搭公車通學，於是，連放學也變成很無聊很寂寞的事。無聊寂寞中，在家裡就躲起來練吉他；在學校，就只能慢慢收拾課本，認真做參考習題。

第一次模擬考很快來了，跟聯考一樣，連續考了兩天。考完後第三天的下午，理化老師高大的身影突然閃進來，打斷了導師正在上的數學課，理化老師對著我們班導說：「你們班李明駿模擬考第一名哩！」所有人都嚇了一跳，導師也愣了一下，說：「真的嗎？你怎麼知道？」理化老師說：「他們正在貼啊，我湊過去偷看，最上面的名字，就是『李明』兩個字，難道還有別的『李明』嗎？」

理化老師講到這裡，班上好幾個同學同時反應：「五班的李明媛啦！」噢，理化老師之前沒有教過我們這一屆，才會不認識女生班的考試高手李明媛，如果是她模擬考第一名，那就不意外了。理化老師怏怏地自認錯誤，喃唸著：「怎麼真有兩個李明李明……第一名貼的位子那麼高，玻璃又反光，幹嘛？故意讓人家看不清楚嗎？」不情願地走離我們教室。

理化老師既然預告了，一下課，幾個熱心的同學連忙跑到穿堂去。導師還沒離開教室，其中一個就狂奔回來，瘋了似地大叫：「真的是李明駿，李明駿第一名！」怕大家不相信他，又趕緊加上：「五班李明媛第九啦！我都看到了，不會錯！」

教室裡鬧成一團，我清楚記得那吵鬧的樣子，好像大家都中了愛國獎券一樣。我怎麼樣也想不到，我的成績竟然可以給全班帶來那麼大的快樂。

所以記得那次考試成績。

還有一次，也是國中，週會時要上臺獻獎，也很意外。我參加了全臺北市的國語文競賽，其實就是作文比賽，得的甚至不是第一名，而是第二名，我自己沒特別覺得怎麼樣，去中山堂領回了一方木質獎牌。老師本來通知，下週週會，校長會在全校師生面前再將獎牌頒給我一次。每週週會，反正固定有「頒獎」的程序，至少會頒當週整潔秩序獎，還有許多校內活動比賽有的沒有的，沒什麼大不了。

不料，週一早自習，訓育組長卻到班上把我找出去，去跟司儀及升旗手特別預演。「頒獎」變成了「獻獎」，換成是我拿著獎牌出場，獻給校長。「獻獎」的場合不多，就得事先演練了。

我回想，是啊，在學校好像總共只遇過一次週會獻獎，那是我們的軟網校隊得了第一名，舉好大一個獎盃獻給校長。可是我只有那麼小小一方牌子，而且我也不是什麼校隊，就我一個人帶一隻筆去寫了一篇作文，如此而已，為什麼也能獻獎呢？

訓育組長解釋：「如果領回來的是獎狀，那就頒獎；如果領回來的是獎牌獎盃，那就要留在學校裡陳列，所以就要獻獎，就是這樣規定的。」

緊張兮兮上臺獻獎的經驗，讓我記得了這個第二名，本來照道理講不可能記得的一點小小榮光。

我甚至不記得那次競賽究竟在哪裡比的了，我只記得是父親暫時放下店裡忙得不得了的事帶我去的。我真的只帶了一隻原子筆，在口袋裡，沒有別的。因為父親特別問過：「這樣就可以嗎？寫錯了怎麼辦？」我做出身經百戰的鎮定模樣說：「要先打草稿再抄，一個字一個字抄，不會錯。」我腦中閃過一個擔心，怕父親接著要問：「要是這隻筆沒水了怎麼辦？」我就不知該如何回答了。不過，父親只是點點頭，沒有再問。

比賽進行了一早上，父親等到我比完，帶我離開那個學校，就在校門口不遠的地方，進到店裡吃了一碗牛肉湯麵。

許多年來，那家牛肉麵店被我在記憶裡搬來搬去。每次走過一條街道，發現一座學校旁邊有牛肉麵店，我就彷彿看見年少時自己和父親坐在裡面，安安靜靜地吃麵，心中準備著如果父親問起比賽的事，要怎樣說我寫了什麼，覺得自己寫得還算不錯，可是父親一直沒問。那麵店應該在長安東路上吧？還是青年路上？還是歸綏街上、重慶北路上？

我知道，最簡單的方式，是問問父親，是父親查的地圖，查的公車路線，他比我有可能記得。然而也不知為什麼，許多年來想問卻都沒有問。終於到父親過世，再也沒有機會問了。那神祕的、安安靜靜的牛肉麵店就繼續神祕、安安靜靜地留在一條永遠無名的街路上。

我的文青路

如果沒有遇到這樣一座圖書館，我還有可能讀那麼多雜書嗎？
更難想像，如果沒有讀那些數量龐大的雜書，
我人生的道路有其他的選擇，我還會是今天的我嗎？

虛構、欺瞞的同質環境

那時候是不會有什麼明確方位概念的，不過區域界畫倒是早早就成立了。

從位於雙城街的住家輻射放散，有一塊「我的」地理範圍。一頭到圓山，一頭到大橋下，一頭到雙連，一頭到恩主公廟，大概就是這樣的範圍。這個範圍內，是日常生活，想走就走，超過這個範圍，就帶點特殊的冒險意味。

冒險、新鮮經驗，一般是按照交通工具分類的。步行遠一點，就跨過雙連，穿經滿是青草店的街道，用嗅覺感受春天新割草的氣息，轉化成時間沉積才能累積出來的南北貨混雜味道，那是迪化街大稻埕。如果是騎腳踏車，就會繞行圓山再往北走，以外雙溪或天母公園為目的地，通常是夏天，大汗淋漓從車上跨下來，就是溪邊，涼涼的水嘩嘩流著。還有一種方式是搭火車，在雙連站買一方硬紙車票，付的車費到忠義，但只要有機會就混到淡水才下車。沿途火車先是走在矮矮的屋戶邊，清楚看得到人家簷下晾晒的衣褲，不時還有屋內人影似幻似真忽忽閃逝。在永遠無法預計察覺的盡頭處，突然，屋舍消失，大河湧現。伴隨著大河的，是雲影下的臥延山形，伴隨著山形的，是瘂弦的詩句：

既被目為一條河總得繼續流下去，
世界老這樣總這樣：
觀音在遠遠的山上，
罌粟在罌粟的田裡。

這是我認識，我最早認識的臺北北區，我真正的生活故鄉。那時候沒有特別察覺，這已經是盆地的北緣地帶，從圓山展開的連串層疊、愈來愈高的山嶺，以大屯、七星兩座拔高超過千米的山峰為頂，接著快速背降，那一邊就是金山、萬里，就是海。那時候並沒有特別察覺，這裡有一種曖昧的複合式生活型態。是都會，緊鄰著臺北最重要的南北幹道，以及跨越淡水河最早最重要的大橋，但卻同時有著濃厚的田園閒散。是老早開發的市區，可是同時雜混著最新最奇異的東洋西洋風俗。有美軍顧問團、有聖多福教堂、有整排賣油畫的畫廊，還有座落在街角的日本大使館。是繁華近乎墮落的商業區，酒吧毫不客氣地閃著誇張的霓虹燈，同時卻也是保留許多古老儀式的生活舊址，青草、藥材，廟埕展現著一種迴光熱鬧。

我穿梭在這些曖昧複合元素間，很自然地將之視為生活而理所當然，直到接觸不一樣的臺北區域，尤其是西區。

我的西區經驗來得比北區晚，因而也就無法確認自己感受的差異，到底有多少來自不同年齡帶來的不同感官選擇。我的臺北西區有兩塊最重要的地盤，一塊是重慶南路書店街，一塊是西門町電影街。高中時，每日下午放學和死黨們最重要的討論就是：沿重慶南路北行，過了總統府之後，究竟要繼續順著走到臺北車站，還是在寶慶路或衡陽路左轉。

不管再走或左轉，這兩塊地區都有近乎讓人目眩的同質性，近乎奢侈、近乎執迷的同質性。一家書店之後是另一家書店，之後又是一家書店。一家電影院的旁邊是另一家電影院，再旁邊又是一家電影院。沒有人能解釋為什麼需要這麼多家書店，為什麼會有這麼多家書店，其數量以一種毋須解釋的大剌剌存在著，那不斷重複的景致，構成最令人難忘的經驗。

我在那裡，稍稍理解了「耽溺」是怎麼一回事，以及其對人的特殊情感。逛一家書店，和連續逛很多書店，是截然不同兩回事。逛幾家書店，和走過更多家沒有時間沒有精神再進去逛的書店，又是截然不同的兩回事。那個年代，重慶南路提供的，不只是具體可以逛可以瀏覽可以買書的書店；更重要的是那種讓你覺得這裡豐藏堆積了你永遠逛不完的書架的那種絕望邊緣的誘惑與興奮。

西門町的電影院又何嘗不是如此。我們死黨們常常掛在口頭上：「哪一天一定要把這裡所有的電影看完！」在那樣的少年階段，這是跟立志聯考數學要考滿分同等具體，但可能又同等虛無飄緲的夢想。高中畢業後，上了大學的第一個寒假，過年期間，我真的有一天在西門町近乎不可思議地連趕了四場電影。第四場散場出來，夜已經深了，武昌街上東北季風吹著幾張零亂飛舞的報紙。心底突然生出強烈恐懼，覺得如果順手將風中的報紙抓過來看，上面應該會有一個未來的日期，或有我完全不能理解的文字，或，刊登著多年之後我自己的死訊訃聞，如同電影劇情裡會有的。

重慶南路和西門町展現的同質性，還包括了環境內其他元素與書店及電影院之間的關係。西門町區域裡所有的商店、街道都是為電影院而服務的，至少是和電影院構成呼應和諧關係的。從騎樓下用紗網小箱擺放雞腳鴨舌的單車攤，巷子裡的牛肉麵店、大街上突然間接連林立以木瓜牛奶為號召的冰菓店，到從「來來」、「萬年」滿湧出來的牛仔褲店，它們都不是要將人的注意力從電影吸引開的，反而混和成看電影經驗的一部分。合理化當時電影院要提早排隊買票，買好票到進場前通常還有半小時有待消磨，以及各場電影要嘛在餐後時間開演，不然就是散場剛好在用餐時間的安排方式。看電影之前或之後，如果沒有了穿梭在這些商店街面的熱鬧，就不像在西門町看電影了，甚至就不像在看電影了，讓人立刻油生詭異鬼魅的感覺。

重慶南路也是如此，騎樓、麵包店乃至人潮人流，都是配合書與雜誌而存在的。就連滿滿都是補習班的南陽街，上面都有一家華欣書局，等補習上課或剛從補習班下課的年輕人群，很自然地就湧進書店，又從書店湧流出來。

不同於北區的曖昧複合，我記憶中的西區，建立在迷人的同質性上。書店與電影院組成的同質性，都不會讓人感到重複無聊，相反地，散發著召喚一再重返的吸引力。你永遠不會知道書店架上擺放了什麼樣的書，在文字裡記錄了什麼；你也永遠猜不準電影院放映的影音內容，要對你開展、訴說怎樣的故事。

書與電影上的不確定性，使得西區沒有日常生活，只有無盡的冒險。對我而言，那是一個虛構、欺瞞的同質環境，為的是掩飾掩藏內在真實的危險性。短短的幾條街上，你沒去哪裡、去不了哪裡，但是透過書和電影，你卻又哪裡都去了，甚至去了永遠叫不出名字的時空，甚至去了自己最深遠的潛意識人格淵源之處。

浪擲揮霍的生命時光

八〇年代後期到美國留學，感覺最奇怪的美國經驗之一，是看電影。好大的一個門廳走進去，有八、九個不同的電影放映場一起營運，不只是買票不用排隊，而且想看電影不需要先找報紙看影片時刻表，走進電影院再抬頭對照有哪幾廳快要開演了就可以。

那個年代，在臺北看電影可不是這樣。每一家電影院都只有一個大放映廳，大得驚人，國賓日新樂聲這幾家，規模與座位數，甚至超過國父紀念館的表演中心。那麼大的戲院，卻還滿足不了想看電影的人的需求，電影院一律從開演前一小時開始賣票，稍微熱門一點的電影，票窗打開時，都已經排了長長的人龍。換句話說，這些想看電影的人，必須在開演前一個半小時就來到戲院，不然可能就買不到票進不了場。

「我不是在咖啡館，就是在前往咖啡館的路上。」套用這句咖啡館迷的名言，那個時代，整個西門町的人潮，基本上可以分為三種——要去電影院買票的人，買到票等電影開場的人，和剛看完電影的人。因應這樣的電影生態，才有了西門町的獨特熱鬧型態。

例如說，成都路圓環邊，有賣楊桃冰的小店。楊桃醃得夠酸夠鹹，另外還可以配上同樣強烈刺激唾液分泌的「李鹹」，是夏天很棒的消暑小點。不過，楊桃冰店還有另外一個了不起的功能——店面牆上隨時貼有當天最新的報紙電影版。想看電影的人，與其花錢買報紙查影片放映時間，不如用同樣的錢買一杯楊桃冰，坐下來一邊喝一邊對著牆指指點點，討論哪家戲院哪一場最適合。

又例如說，那個年代大學男生遇到心儀的女生，想要凸顯自己的男子氣概，最常拿出來炫耀的，一是在成功嶺上受的軍事訓練，另一個就是如何在西門町對付黃牛伸張正義。

很多男生吹噓過自己如何對付影票黃牛，不過事實上，真正的正義場面沒那麼多，還有，西門町的黃牛，沒那麼容易對付。想想也知道，電影院戲票那麼搶手，那麼難買，當然會有黃牛賣黃牛票。黃牛們每天在電影院售票口混，混好混壞直接影響一家生計，也當然會發展出他們的辦法來。

黃牛一靠耐心、二靠霸道、三靠勾結。要耐心排隊，免不了。但如果只是耐心排隊，一場一人一次只能買四張票，夠幹嘛？所以耐心是用來讓自己早在票窗開啟前，就占好最前面的位子。然後兩個人或三個人一組，票窗一開，就改用霸道本事了。前一個買完，後一個先護航讓他插隊回來，自己再買。買過了的又插隊回來，兩三個人就輪番在窗口四張四張買。票開始賣了，但後面排的隊伍卻不會動，因為都是黃牛霸著窗口。

排隊的人當然會生氣，會罵。黃牛卻看準了一種人性心態，直接排在他們後面的人，都是最早就來的，他們雖然目睹了黃牛的囂張行徑，但動手阻止的機率卻最低。他們心裡會想，儘管黃牛惡霸多搶走幾張票，畢竟不會影響到他們買到票的機會。反正黃牛插隊插幾次，總還是會離開，黃牛一離開，就換自己買票了，犯不著硬要跟黃牛槓上，破壞了高高興興看電影的情緒。

最恨黃牛的，其實是排在後面，焦慮自己到底買得到買不到這場戲票的人。可是他們隔絕在密密麻麻排隊人潮後面，不容易搞清楚前面發生什麼狀況，等他們確定人龍被黃牛堵住都沒前進，要有激烈反應時，往往黃牛們也都買夠可以加價轉售的戲票了。

所以還真不容易輪到排隊的人來主持正義。真正能主持正義的，是窗後賣票的小姐。小姐如果不賣票給反覆插隊的黃牛，黃牛就真的沒輒了。所以黃牛還要想辦法勾結賣票小姐，這倒也不難，小姐每天要上班，黃牛很容易就找到她們，她們又何必為了不認識的、每場不同的「消費者」，得罪天天要碰到的黃牛？

這樣的生態中，還有一環，是警察。經常發生的是有人看不慣黃牛囂張，等自己買到票了，就打電話報警。西門町不缺警察。有一段時間，警察專門埋伏在西門町，重點抓披頭散髮、奇裝異服的男生，和迷你裙太短的女生。還有一段時間，警察重點抓街上拉客的「三七仔」。還有一段時間，警察重點抓紅樓附近的男同志。我開始在西門町看電影的時代，臺灣稍稍開放了些，這些「重點」活動退燒了，可是警察還是大批大批布置在西門町，西門町是最容易遇見警察的地方，到處看得見除了做做樣子趕黃牛維持秩序外，總也無所事事的警察。這裡，也是閒散警察分布密度最高的地方。

假日午場，是西門町電影的大熱門。算一下就知道，一點鐘那一場，十二點開始賣票，大家十一點出門，十二點前到票窗前排隊，買到票還剩半個多小時剛好可以去吃中飯。三點那場呢？中午在家裡吃過飯再出門，兩點前來排隊，看完電影五點左右，也剛好赴上晚飯時間。

戲院周圍因應出現了許多讓等電影開場的人方便吃飯的地方。國賓旁邊有老山東拉麵，武昌街口有鴨肉扁，漢口街有老黃焢肉飯，開封街上有賽門甜不辣。

看電影真不方便，所以看電影就不只是看電影。連帶的，既然動輒花一整個下午才看得到一場電影，那電影似乎也就有了不一樣的，嚴重一點的意義。

在那個時代的電影裡，我們必然看到了自己生命時間的浪擲，因而不甘心電影看過了就從經驗裡溜走。我們討論我們思考，繼而我們夢想電影，要將投注在排隊與在街頭閒晃的時間一起從電影裡要回來。

留住眼前的電影

懺悔輕狂年少幹過的一件事。

高中三年級，名義上當然已經離開校刊社，不管事也不能管事了。不過捨不得校刊社辦那種天高皇帝遠的感覺，常常回社裡晃。晃著晃著發現學弟們對社辦好像沒有我們那種依賴，加上他們的公假數遭到縮減，所以社辦冷清了許多。好吧，冷清無人管的空間，適合窩在裡面K課本準備考試。

所以也就沒有跟學弟們的編務脫節。一天，在新進來的稿子裡發現了一篇李行導演的訪問。快速瀏覽一下，編那個專欄的學弟靠過來，好奇地問：「覺得怎樣？」我苦笑搖頭：「糟透了，兩千字，什麼都沒談到，最糟的是連訪問的氣氛都沒有！簡直像是李行去幫《中央日報》寫關於電影的社論一樣。」

學弟也附和地講了他對這篇訪問的負面評價，你一言我一語，順便聊了些對於電影，尤其是「中國電影」前途的看法。講一講我自告奮勇：「這樣吧，我幫你們把稿子修一修，修得口語一點有趣一點，也讓它至少篇幅看起來長一點，不然訪問個大導演卻那麼沒分量，難看啊！」

學弟表示求之不得。我把稿子拿回家，真就改了起來。改了一夜，天快亮了才完工，這一改，原本兩千字的訪問爆增成一萬五千字。

只改語氣不可能多加一萬三千字出來。我手上又沒有原來去訪問李行的錄音，這一萬三千字大部分是我自己腦袋裡想的，藉訪問稿放進想像中李行大導演的嘴巴中了。

造出來的內容有好幾種，一種是我看原來稿子中李導談話，有些可以進一步說明解釋的。一種是我從別的地方讀來，李導講過的精采的話，像是關於「秋決」，我簡直不敢相信本來去訪問的學弟竟然隻字未提我心目中李導最傑出的作品。所以當然就挪用了李導多年來陸續講「秋決」的內容，編成了一大段問答。還有一種，是我直接將我對電影的看法，假借李導的口氣，放了進去。我記得最過癮的，是一大段談年輕後輩導演作品的，舉王菊金的「六朝怪談」為例，分析了新一代導演的優缺點。

稿子交回校刊社，心虛地將幾個段落圈出來，請他們拿稿子給李導過目時，特別要取得李導的同意。之後，我開始專心準備第一次模擬考。一個多月後，校刊出刊，發現李導那篇訪問，幾乎完全照我編寫的樣子登了出來。

會不會是李導太忙，根本沒有時間精神看高中校刊的訪問稿，唏哩呼嚕就讓它過關了？我沒有追問，因為我寧可相信，李導看過稿子，覺得我添增的部分，還滿有道理的，放進去當他的意見，沒什麼錯，也不丟臉。

那個時候，看電影、想電影成了高三勉強逃避聯考壓力最棒的選擇。前兩年，放學出校門，習慣性地沿重慶南路走下去，一直走到臺北車站。那樣的地理動線，注定了書店和書，是生活的依賴所在。升上高三，一起走重慶南路的同學，各自埋頭準備考試，很難再一起耗兩小時走到臺北車站。我不想經歷那種對照冷清，所以每次過了總統府，最常改轉長沙街，穿過中華路後，就接到了西寧南路。西寧、成都、昆明到武昌，這幾條街，走幾步路就碰到電影院。平常非假日，下午五點那場不會有太多人，所以我可以散散地在各家戲院門口看看板看海報，遇到有興趣的，就買票進去。

不過付了錢，心裡常常就開始後悔。倒不是後悔沒有回家或進圖書館K書，而是心疼電影院戲票那麼貴，因而格外意識到重慶南路和西寧南路的差別。重慶南路上買到的，是可以保留收藏的財產，西門町買的，價錢比書昂貴，卻兩個小時後就化為無形，什麼都沒有了。

應該就是這種對照心態作用吧，那一陣子我總是困擾著努力著，有什麼辦法可以留住眼前閃逝的影像，兩小時後不至於就必須承認錢花掉了。

我用一種留住財產的態度，看著電影；我用一種與書籍對照的方式，看著電影。我發現，最能夠留住電影——印象與感受——的方法，就是盡量了解電影的邏輯、電影的道理。不只看電影本身，更想辦法看透電影的內部，所有這些幻象是如何產生的，於是我就能在電影院中，得到了雙重的滿足，既滿足於幻象，又思考追蹤幻象的道理。像是個魔術的學徒看魔術，我不只享受被魔術魅惑的片刻悚然，還興奮於自己似乎偷學到了魔術功夫。

而且這樣看過的電影，神奇地就忘不了了。那是錄影機都還未進入一般人生活的時代，更不必講什麼ＤＶＤ或網路下載了。沒有方法可以保存電影來隨時重看溫習，電影演完就是演完了，再看一次就要再付一張門票錢；而且，電影下片了就是下片了，你只能等待幾年後，甚至幾十年後在電視上偶然和舊片重逢相遇，而就連電視排什麼樣的舊片，也不是我們能控制的。

保存電影唯一的方式，只有記憶。記憶電影，對我而言，只有一種最有效的方式，那就是假想眼前看的電影，是我自己拍的，或至少是我有可能去拍的。那開場的大遠景，啊！必須將鏡頭用吊車拉上去；那製造嚇人效果的音樂，一定是理查史特勞斯的；那讓人流淚的對話，當然要逼著演員的臉拍……想著想著，也就記得了，同時生出許多對於電影的意見，真的以為自己和李行那樣的老牌大導演，有著某種神靈交會，真的這樣以為。

搖滾樂和甜不辣

臺北開封街上，有一家老店「賽門甜不辣」，這家店的老資格舊資歷，就寫在它的招牌上。

短短五個字，「賽門甜不辣」卻說了好多。「甜不辣」不是中文，是日本裹粉油炸食物名稱的翻譯。日文原來的漢字寫成「天婦羅」，簡稱為「天」，在日本看到店名叫什麼什麼「天」或「天」什麼什麼的，九成九是以「天婦羅」為主力商品的。

臺灣人發揮了高度套用誤用的本能，將人家「天婦羅」的發音轉譯過來，創造了「甜不辣」，可是臺灣的「甜不辣」，雖然也是油炸的，但並不是日本的「天婦羅」。

臺灣「甜不辣」的基本原型，是用絞碎的魚漿調味，做成片狀或條狀，放進油鍋裡小炸一下就完成了。這種「甜不辣」，可以在基隆夜市和士林夜市吃到現炸的，旁邊加上一點醬和幾片醃黃瓜（不過攤子的招牌寫的卻又是「天婦羅」！）。然而，「賽門甜不辣」賣的是稍微複雜一點的東西，除了炸魚漿之外，還有魚丸、油豆腐一起放在蘿蔔湯裡煮。這種食物，也是從日本來的，不過在日本，當然不叫「甜不辣」或「天婦羅」，而是「關東煮」。

光是「甜不辣」已經很複雜了，「賽門甜不辣」的「賽門」兩字，也有來歷。「賽門」不是中文，是英文 Simon 的翻譯。怎麼了？這家店的創始老闆原來是個外國人？還是老闆三十幾年前就預見了今天的職場風氣，幫自己取了一個時髦的英文名字？都不是，是三十幾年前，還只有「臺視」一家電視臺的時代，臺視買了一部美國的電視影集，叫「七海遊俠」，播出後大受歡迎。「七海遊俠」有一個極為容易辨識的影集標誌，簡單幾筆像粉筆畫出來的人形，頭上掛著一個圓圓的光環。影集還有一個討人喜愛的男主角，名字叫 Simon Templer 或 Simon Templar。我現在查不到確切的拼法，不過估量叫 Templar 的可能性應該高些[1]。或許美國編劇就是故意取這樣的名字，影射在西洋教會歷史上鼎鼎有名的「聖殿武士」Templars[2]。「聖殿武士」是流傳了好幾個世紀的祕密團體，護衛教會與教義，有各種查無實據但事出有因的說法，指稱「聖殿武士」累

1 男主角的確名為 Simon Templar。
2 Templars 有譯為「聖殿武士」者，亦有譯為「聖殿騎士」者。

積了驚人的財產，而且其祕密組織到現代都沒有真正消失。丹・布朗的暢銷書《達文西密碼》中提過「聖殿武士」，另一本暢銷小說，艾柯的《傅科擺》根本就是以「聖殿武士」的祕密與密謀做為主角的。

「聖殿武士」到了臺灣，卻因為讀音的關係，失去了神祕與緊張，添加了庶民喜感，變成了「甜不辣」，「賽門甜不辣」成了大家習慣稱呼「七海遊俠」男主角的方式，於是腦筋動得快的老闆，就藉這個流行名字，在開封街賣起「甜不辣」了！

多年以前，我第一次到「賽門甜不辣」的老本店，是和一位要好的國中同學一起等電影開演時，他帶我繞過去的。那位同學小學念的就是和「賽門甜不辣」隔街相望的福星國小。坐在「賽門甜不辣」簡陋的位子上，同學開始回憶起念福星的往事。福星是臺北市最早有音樂班的小學，他就是因為鋼琴彈的好，才到福星念音樂班的。

我很驚訝，原來他從小學琴，更驚訝為什麼班上沒有人知道他學琴，更沒有人聽過他彈琴。他的答案很有意思：因為大家都覺得女生才彈鋼琴，如果被知道他彈琴，一定有人笑他娘娘腔。而且也正是覺得學音樂的男生「怪怪的」，沒什麼前途，家人才會讓他離開音樂班，到我們學校來。

我忍不住告訴他一樣沒有任何同學知道的祕密——我才剛剛中止學了多年的小提琴課，正在自己練吉他。我還講起我喜歡的幾個吉他樂手，木吉他當然是唱 *Vincent* 的唐麥克林，搖滾電吉他有一個瘋狂的罕醉克斯。另外我最近逛功學社，找到一本神奇的吉他樂譜，怎麼練都練不起來，可是想像那音樂一定很驚人，那個樂手的姓很長，叫做「蒙特甘馬利」，但名字很短，叫「威斯」，看他的譜，我才知道原來吉他可以這樣彈。

我一邊講，同學低著嗓音，開始哼唱起當時最流行的搖滾樂團英文歌曲來。先是 Chicago，再來是 The Who，再來是 ABBA，被他的歌聲逗起興趣了吧，我不自主地在手上裝模作樣彈起並不存在的吉他來。同學突然說：「來組個團吧！」他扳著手指算，他自己是鍵盤手，我當吉他手，以前音樂班同學裡有一個敲定音鼓的，後來改打了一陣爵士鼓，可以找來當鼓手，那麼就只缺另一把吉他了，說不定還可以找個女生來代打主唱……。

奇特的氣氛讓我們陷入一種做夢的情緒中，被無法解釋的快樂淹滿了。兩人輪流唱著腦中不斷浮湧上來的各種歌曲，一邊沒頭緒的講些片片段段的話。例如說，這個樂團可以躲在他姑姑陽明山上的別墅裡練唱，樂團裡他會是藍儂，那我就要當哈里森，我們可以自己做歌，不過要填英文歌詞可能滿困難的……。

一直到他瞄了一下手錶，大叫：「電影開演了！」我們拔腿狂奔往電影院去，一邊跑一邊瘋狂大笑，弄得自己幾乎喘不過氣來。

到現在，三十年過去了，每次聽到那個年代的樂團歌曲，我都不自主地從記憶中聞到「賽門甜不辣」蘿蔔湯的香味。搖滾樂和甜不辣，奇異卻又再自然不過的感官組合。

「好味道」、周夢蝶、唱片行

那年，中華商場的長排建築還在，切開臺北的火車鐵道也還在。難得臺北不下雨的冬天下午，我從北門往西門町走去，一邊走一邊想，我跟這個地區竟然有那麼深的淵源，那麼多的故事。

我從來沒住過靠近中華路一帶，事實上我們家住過的地方離中華路都很遠。可是我記得，小時候家裡唯一固定慶祝的節日，是媽媽生日。爸爸的生日不會有同等待遇，因為爸爸向來討厭為了自己的事麻煩別人，即使麻煩我們一起出去吃頓飯，他也不願意。媽媽生日，我們全家擠上一輛計程車，我必須塞在前座坐爸爸腿上。車子沿林森北路向南，轉民權東路再轉中山北路，然後過了忠孝東路穿進一條小巷，越過館前路，再越過重慶南路，到達武昌街的「好味道排骨大王」。據說，「好味道」原來從路邊小攤做起，出了名才換成店面。店面有兩層，店員用極大的音量上下吆喝，不過奇怪的是，他們吆喝些什麼，為何這樣吆喝，我從來聽不懂搞不懂。

「好味道」的雞腿，是我童年能想像的最佳美食。表皮炸的薄且酥脆，沒有一般平庸的濃厚醬油味，代之以香而不辣的胡椒，格外襯出腿肉的鮮嫩。每年一次的打牙祭，我們一家走出來，必定在門口右轉，朝中華路的方向去，一到中華路口，光亮的「第一百貨」昂立眼前。

後來我總是想，如果不是右轉而是左轉，那我應該會看到街角擺著小小書攤的周夢蝶了？也應該看到高掛的「明星咖啡屋」招牌了？如此神巧的事，「好味道」竟然就在「明星」隔壁。小時候吃「好味道」，我不知道「明星」與周夢蝶，上了高中，才從各種文學書籍雜誌裡反覆讀到「明星」的傳奇。我多次去武昌街，在周夢蝶的攤上翻閱新新舊舊的詩集詩刊，「好味道」油鍋中炸出的醇厚胡椒味一波波湧出來包圍著我，我每次都要掙扎捏緊口袋中的鈔票，雞腿麵和《創世紀》絕對不可兼得。每一次，都是詩集詩刊贏了，我遞錢給似乎隨時入定，對錢視若無睹的詩人，趕忙離開，離開「好味道」對我的食欲與童年記憶的強烈誘惑。

應該是高二吧，有一回習慣性地從重慶南路彎進武昌街，意外地眼前沒有周夢蝶。突然我像是偷賺到一個假日般，毫不猶豫步子一邁，就進了「好味道」，以不讓自己後悔的速度點了一碗雞腿麵。然而，不可能真正不後悔，吃掉本來打算買《藍星》的錢，心裡一直有著難以排解的罪惡感。像是呼應我的罪惡感，我清楚記得，那次之後，就再也沒有在「明星」樓下看到周夢蝶了。他消失了，接著，留在柱邊的書架也消失了。

高中時代，參加校刊社，交出去的第一篇作品，寫的是北門，承恩門。很多人知道北門，沒那麼多人知道北門牌樓上掛的正式名稱是「承恩門」。我們幾個不怎麼守規矩的同學有一天下午，越過正在蓋高架橋的工地，越過將北門團團包起來的圍籬，進到城樓下。想像自己是百年前的「古人」般張望城門內外，一抬頭，看到「承恩門」大字，大有浪漫家國與時空感觸，就寫了那樣一篇詞藻華麗的文章。那篇文章讓我的名字第一次登上了《建中青年》，然後一切就排蹚而來。更多的文章，選上校刊社社長，請公假編校刊，因校刊上的文章闖禍，多少年我的名字和《建中青年》一直牽牽扯扯。

還有在中華商場唱片行裡，買了自己擁有的第一張古典音樂唱片，貝多芬第六號田園交響曲，應該也是第一次在那張唱片背後的曲目說明上，看到奇怪的德文。中華商場和士林文林路，都有眾多唱片行林立，但士林的唱片行滿滿盜版的「熱門音樂」，不像中華路會穿插原版的古典音樂。一張古典音樂唱片，兩百多塊，夠買十張「熱門音樂」

了。

不曉得為什麼，走過中華商場唱片行，我腦中老是會記起一個讀來的故事。作曲家林二描寫他如何在一個雨夜中，走遍中華商場每一家唱片行，問他們有沒有林二的新作品「相思雨」，每一家都沒有。一直到他絕望回頭時，一位唱片行老闆叫住他，問他：「你要找的是楊小萍的『相思雨』吧？我們只有楊小萍的『相思雨』，沒聽過什麼林二的。」

林二寫這故事，為了感嘆作曲家的不受重視吧，不過我腦海浮現雨夜中一個人走遍中華商場的模樣，卻提醒了我這一排多少唱片行多少唱片的驚人數量。我忍不住胡想，聽完所有這一路的唱片，要花多少時間，一輩子，三輩子，還是五百年？連續不斷聽五百年音樂是什麼樣的經驗？永遠不會有人知道。

我又胡想，所有那些唱片，真的都留著封面上記錄著的那種音樂嗎？誰能確知裡面沒有藏著奇怪的聲音、奇怪的訊息，躲在架上等待被聽到？如果一個聲音一種訊息留在架上，都沒有被拿下來也沒有被放上唱盤，只記錄在唱片線條間，算是存在還是不存在呢？

走進中華商場，就是會有這些奇奇怪怪的念頭。走著走著就遇到火車通過，我常常站在走廊下看放慢速度的列車，速度慢到看得清楚窗口每一張臉，我突然緊張起來，害怕會不會下一秒鐘，就在窗口看到跟我自己一模一樣的人？緊張著，直到火車走完，才安心相信，世界上應該只有一個我，然後繼續起步走那彷彿總是走不完逛不完的中華商場。

地緣的道理

我們是四個人，W、L、C和我，星期六下午，會回到學校一起念書。W每天都最早到學校，所以老師就將一把教室鑰匙交給他保管，他就邀我們在放假日回學校。

W雖然是「學藝股長」，卻是我們四人中最頑皮好動的，學藝股長要負責每堂課準備點名條給老師點名及打平時成績，可以進出教務處。W只要看周遭沒人，就偷拿女生班的點名條。點名條上有名字也有學號，如果有人看到哪個漂亮女生，偷瞄記下學號，W馬上就能夠查出女生姓啥名啥。不管要寫情書或上課時胡思亂想，總得要有個名字做依賴吧！有了名字才有下一步，換個角度看，有了名字就比較可能有下一步。我們班會成為老師眼中最難管、最常出事的班級，想想跟W的「服務」不無關係，每當他掏出那一疊女生名冊，多少顆騷動的心就往那個方向飛去了。

L是班長，功課最好，還參加了學校裡最風光的軟式網球隊，而且他的書包永遠是全班最大最重的，塞滿了各種課本和作業。L的個性裡有一種特別的沉靜穩重，就連W

施出渾身解數都不一定鬧得動他。通常，剛進到空蕩蕩的學校，進到沒有人的教室，會讓人不太敢大聲說話活動，生怕吵擾破壞了安靜的氣氛。我們會落坐在自己的位子上，真的拿出書本來讀讀。然而，沒一會兒，一定是W先坐不住了，他會輪流換到別人的身邊，伺機講話或惡作劇。C出身在很重視成績的公務員家庭，對考試非常焦慮，老是怕自己會考不及格，可是偏偏沒有像L那樣的定力，只要W稍微招惹一下，他就忍不住起身跟W繞著桌椅亂跑、丟粉筆或彈紙球了。W和C鬧開來，一般來說，我大概也只能勉強讓注意力盯在課本上五分鐘十分鐘吧，就跟著加入，接著三個人合力在L身邊亂吵，一直吵到L也撿起身邊地上的粉筆還擊才滿意。

然而，我清楚記得有一種特別的例外。有時候，我會無論如何釘坐在桌前，不管W和C鬧成什麼樣子，不動就是不動。我不動，L也就不動。四個人就分成了兩組，一組打到走廊上去，一組死心塌地的留在教室裡。

我一定是專心地在作業本上抄繪地圖。先將地理課本上印刷的地圖打上一公分見方的格子，然後將作業本的空白頁也畫成○‧八公分見方的格子。再仔細比對描畫省界、河流、等高線，標上各種地理名稱，最後用色筆塗上厚厚的顏色。

畫地圖時，別人怎麼吵，都影響不了我。就是堅持要畫出最精確又最美的地圖。自己也弄不清楚，到底是畫地圖這件事真的那麼吸引我，還是因為無論如何要得到地理老師的最高作業評分。

周老師教了我們兩年國中地理。她是我最喜歡的老師，而且我知道也是班上很多人最喜歡的老師。在教我們的所有女老師中，周老師算是最不起眼的一位吧！別人都羨慕我們的英文老師是全校公認的頭號美女，我們的理化老師剛從大學畢業，又年輕又漂亮，就連有一點年紀的工藝老師，都頂著讓人不敢直視的胸前雙峰，號稱是學校裡身材最好的老師。和這些老師相比，周老師眼睛太小、嘴唇太厚，而且個子太瘦小。

可是周老師每次都充滿精神地進到教室。她每次都從第一分鐘講到下課鐘響，真的覺得時間寶貴，不夠她把所有要講的東西講完。她要講、能講的東西那麼多！她不唸課本，而是把地圖往黑板上一掛，然後就指著這個地方那個地方滔滔不絕地講起來。這條河經過，所以這座城和那座城發生特別關係，後來築了這條鐵路，本來要從這裡去的人，就改成從那裡走。產鐵的山上，有一個好大的鐵礦場，旁邊發展出一個城鎮來。那個城，一定有鐵沿河運出去，要不然就是有煤沿河運進來。一定有礦工們居住的地方，還有處理鐵礦煤礦的地方，還有礦工鐵工特別信奉的神和廟。

周老師就這樣一直講一直講。那個我們從來沒有機會去，她自己也絕對去不了的中國大陸就在我們眼前活了起來。周老師口中的地理，真的是「地的道理」。山脈、河流、等高線、等雨線，有它們必然的道理，河上游河下游山脈走向，都不會亂來的。更重要的，大自然條件確定了，人在這樣的大自然上幹什麼不幹什麼，更是不會亂來。人是適應、配合地理條件的動物，有什麼自然地形，就有什麼樣的人類活動。

周老師教會我懂得了地理，尤其是地緣的道理。有時候，我不免納悶驚訝：所以人其實沒有太多自由選擇，我們以為是人做出來的事，其實都是地理地緣決定的。離開了那樣的地理條件，同樣的人就不會有同樣的命運遭遇。

人原來那麼脆弱，人原來那麼不自由，被地理力量輕易擺來盪去。從周老師那裡，隱約學到了這樣的教訓，因而那麼專心堅持地畫著地圖，在地圖上感覺自己似乎具體碰觸了那些決定幾千萬人幾千年命運的神奇神祕力量。

那時候，我還不知道我家即將從晴光市場搬到民生社區，很多事都將隨著這麼小的地理變化，發生在我身上。正因為從周老師那裡學來的地理觀念，讓我無法坦然地接受，這些就是我的生命歷程，總是不斷地想——如果當年沒有搬家，那個留在晴光市場的我，會讀些什麼樣不同的書？會用什麼方式走上文學的道路？會怎樣談第一場、第二場戀愛呢？

二十三路賓士公車

爸爸一直都沒有原諒李登輝。爸爸比李登輝小七歲，都是在日據時期最後幾年成長的，而且同姓李，都是從福建移民過來的閩客，爸爸的政治立場當然也是傾向於打破國民黨威權專制，建立臺灣人自己的本土主權。有那麼多身分上的理由和李登輝相同，可是爸爸就是沒辦法將他的票投給李登輝，因為李登輝當臺北市長時，拆了我們家在雙城街的房子。

那是一間本來就知道被劃歸為「違章建築」的小平房。「違章」是因為它坐落在公園預定地上。可是對當地的人來說，這份「違章」有很讓人不服氣的曖昧。房子先有，公園是後來在新都市規畫時才冒出來的，而一旦都市規畫成案，本來好好的房子，突然就變成非法的了。

更曖昧的是，公園預定地不等於公園。沒有人知道公園預定地什麼時候會開發變成公園，可能是明天，也可能永遠不會。而且整個臺北市有那麼多公園預定地，為什麼先蓋這座後蓋那座，也沒有個固定的道理，至少沒有我們住在雙城街違章建築裡的人可以理解的道理。

所以公園說要蓋了，違章建築必須拆掉，而且政府只付地上物補償，不會給徵收費，當然引起群情激憤。為什麼不先處理林森北路本來康樂殯儀館那塊大公園呢？新生南路、信義路那邊不是還有更大的一塊公園預定地嗎？為什麼也不拆？一下子，鄰居人人都成了都市計畫專家，大家門口一站就開始談計畫裡的空中樓閣，我們小孩在旁邊聽，也長了不少知識。

例如，知道了建國南路被從中間分開，只剩下兩邊各一條窄窄的巷弄，那麼大片房屋也都是違章建築，為什麼不拆了，真的把建國南路開成計畫中的七十米大道？七十米大道要給誰走？

講來講去的結論：我們十巷、十三巷口這兩小塊地，根本不算什麼，沒有道理比別人先拆。這麼小兩塊地，像個公園嗎？會要被拆，還不是市政府覺得我們好欺負，別的他們不敢動，就整整軟腳蝦吧！

很難想像，爸爸那樣古意，和社會一直保持相當距離，又經常敏感於自己從花蓮來的背景的人，竟然也會參與了去市政府抗議溝通的行列，放下家裡的生意，一次次出門。透過各方關係，見到了當時市府祕書長馬鎮方，談了好幾次都沒有結果。大家說無論如何，至少總要見到市長吧！終於市長出面了，可是市長的姿態比祕書長強硬十倍，會談不歡而散。

見過市長沒幾天，我們十三巷這邊就發生了火災。大家早相傳警告過了，拆違建最惡劣的手段，就是放一把火將房子燒了，反正燒掉的房子是不准蓋回來的。因為有警覺，火沒有燒得太厲害，而且萬幸沒有人員傷亡。

火燒後，爸爸鐵了心要離開雙城街，可能也同時鐵了心一生不會原諒李登輝。違章被拆的，是家裡的店面，我們還有完全合法的兩層公寓住家，而且那幾年服裝店生意很不錯，也累積了不少積蓄，絕對可以在附近再找一個店面重新開張。

心情中夾著激憤與害怕吧，爸媽很快地將兩層公寓也脫手賣掉了，然後在我們想都想不到的地方，找尋新家。上國三沒多久，我們從雙城街搬到民生社區。

那個年代，民生社區多麼遙遠！從松江路到敦化北路之間，還沒有民生東路，只有民生東路預定地，上面當然又是蓋滿一堆違章建築，甚至還有大片大片的稻田。民生東路從中山北路延伸到松江路，然後就突然斷掉了，幾公里外才從敦化北路又神奇復活。那頭的民生東路門牌，從一號排到兩百號左右，於是，這頭復活的民生東路，就一跳從七百號開始算。

民生東路不通，所以只能從左右繞道才能進民生社區。一部分公車走南京東路轉敦化北路進民生社區；另外一部分公車則從民權東路轉敦化北路進民生社區。我突然之間變成了班上少有的通勤學生，每天要搭公車上下學。更奇特的，我搭的公車，不管來回，從民權東路不會直接轉敦化北路，一定要進到松山機場繞一圈搭載機場的乘客。機場變成了我每天必定進進出出經過的地方。

通勤帶來的新鮮事物還不只機場。光是每天要搭的公車都有趣極了。可以到學校的六十三路，和可以到衡陽路的六十七路，開來的班車竟然還有長長的鼻頭，本來以為只有在老電影才看得到古董車，還在路上跑，車上沒有改裝的兩排對坐座椅讓車內空間看起來特別寬。跟我一起等車的同學問過司機，司機說這型的車是一九五〇年左右日本「五十鈴車廠」出產的，已經有快三十年的車齡了。那個時代大大的引擎還裝在車外，所以突出一個大鼻子。可是司機說，很多公車司機還寧可開這種舊車，因為後來的車把引擎移進車內，在司機座位旁邊好大一塊，行進中熱氣一直衝上來，讓人受不了，有時候還會燙傷乘客。

而和六十三路一起繞機場的，還有二十三路，每一班車用的都是公車處最新買的大車，最特別的是，車前車尾耀武揚威地掛著賓士標誌。也是問司機得來的知識，那批公車底盤還真是跟德國賓士買的。政府突然規定不能再跟日本買大巴士了，就改買德國貨。而且還有德國人跟著車來，到唐榮鐵工廠指導打造車體，所以車體設計跟其他車都不一樣。車門開得沒那麼前面，乘客不會一上車就踢到引擎蓋，引擎蓋旁邊還可以多設兩個單人座位，變成全車視野最好的特別座。更特別的是，司機腳下有一個用腳跟踩的副煞車，適合轉彎減速用。

我搭的二十三路車開進機場的環狀道路，司機很帥氣地踩著副煞車，讓車子俐落過彎，一下子就超過了凸著大鼻子的六十三路。左搖右晃中，敦化北路上的美麗林蔭嘩地在眼前展開了。

籃球大夢

考完高中聯考的那個暑假，清晨天還沒亮，就趕忙起床，抱著籃球出門去。家剛搬到民生社區，旁邊巷口拐個彎，竟然就有一個籃球場，更驚人的是，籃框上竟然還掛有籃網，空心球投進去，會發出很過癮的「刷！」一聲。

那是瓊斯盃開辦的第一年，也是我看籃球看得最多的一年。

搬到新家後，不管離高中聯考只剩半年，還是花了好多時間探索周圍環境。那個環境裡有太多不可思議。

機場是生活的一部分，除了公車進出繞行外，從家裡散步過去，差不多十分鐘就到了。半圓弧形的建築是民航局，對著一片長方形的水池，池裡有變化的噴水圖樣，池緣用整整齊齊的石版砌成。外圍有一年四季不停開放的花，還有修剪得乾乾淨淨的樹籬。那樣的景色，不輸要買門票才能入園的榮星花園。

而且，機場不像原來想的那樣戒備森嚴，沒事不搭飛機的人也可以進去，不會被盤問，不會被趕出來。機場進門就有一個長條櫃檯，每個人坐在高腳椅上喝咖啡。二姊帶頭，我們鼓起勇氣到那個充滿咖啡香的角落，吃了一頓早餐，咖啡、果汁、吐司加小碟子裡一坨「阿羅利奶油」。坐了兩個小時，坐到懸空的腿發麻，還花掉半個月的零用錢，然而，感覺真好！

民生社區裡的巷子，都不太像巷子。兩邊種了樹，樹葉到秋天還會變色，很有一種臺北少見的季節感。最美的一條巷子朝南走，盡頭處是長春路，一個乾冷的冬夜我們遠遠就被一團白煙吸引，靠過去看，是家賣紅豆湯的小店，熱呼呼的紅豆湯裡加入了適量的軟揉湯圓，半溶化的湯圓將深紅的湯弄得格外濃稠，而且湯本身入口即化，美妙極了。

繞過邊上的小路，眼前就是中華體育館巍巍站立。這就是平常我們看電視轉播中正盃、自由盃籃球賽的地方。飛駝、裕隆、公賣局、國泰、亞東、南亞這些隊伍就在這裡廝殺爭霸。真難想像，中華體育館和機場一樣，也在走路可以輕易到達的範圍內。

有球賽的夜晚，體育場的幾個入口處會放射出白花花的光亮。那光好像脫離建築物，自己冒出來，再看一眼，卻又好像朝後退去的、會動的漩渦，把人不由自主吸過去。然後就會聽到聲音，各式各樣嘈嘩的人聲。

手上有點錢，就自然靠過去貼在買票隊伍的尾巴。就算知道賽程，也會裝作不在意地問前面的人：「今天誰對誰？」一方面是讓自己身上沾染點老球迷什麼球都看的味道，另一方面也藉此跟人家搭訕。球隊名稱端出來，就可以開始聊球員聊教練，打發排隊時間。

那是吳建國還在打中鋒的年代，裕隆隊的後衛是錢一飛，裕隆的死對頭是飛駝。那還是兩個家族稱霸籃壇的年代。程偉、程嘉寶、程官寶、程禾寶，他們是一家兄弟。程偉最高，可是他跟後來NBA出現的巨怪歐尼爾一樣，不會罰球。我曾經在中華體育館和電視機前仔細反覆看程偉投籃的動作，確定了他之所以罰球罰不準，是因為他不會用手腕，他的手腕跟石頭一樣硬。所以後來看到歐尼爾打球，我嘴裡冒出來的第一句話就是：「這傢伙沒有手腕……」

另外一對兄弟，是洪濬哲和洪濬正。程家兄弟都夠高，個個一百九以上，洪家兄弟卻是一般矮，都「號稱一八〇」。可是他們在場上卻能切能投，輕易主宰戰局。

那年，洪濬正轉往美國發展，在NCAA的第二級學校惠德學院打後衛。那已經是臺灣球員空前了不起的成就了。電視臺特別做了一個專輯，介紹他的籃球生涯。有個畫面一直在我眼前晃動，洪濬正靈巧地運著球爬基隆中正公園長長的石階，兩手交換將球拍在窄窄的石階上，雙腳快速登梯，竟然沒有一點閃失。旁白說，他小時候每天清晨起來在中正公園的階梯上苦練運球，才練出那樣一身本事來。除了運球上下階梯，他每天還要投籃至少三百次，練出神射本領來。

清晨苦練，這是個迷人的概念。在別人起床之前，籃球場是我一個人的，我可以自己安排先左右運球各跑三圈，然後練跳投、練上籃，然後想像球賽當中需要用到的特殊技能，反覆演習。

從底線空手跑出來，到罰球線邊四十五度角接球立刻急停煞車跳投。從罰球圈頂向右運球朝底線，在被逼向死角前突然轉向籃框擦板跳投。同樣從罰球圈向右運球朝底線走，突然加速沿著底線往籃下闖，右手運球過了籃框起跳改以左手勾射擦板。快攻三角短傳到禁區邊，對方球員回防堵住了切入的路徑，臨時改成騎馬射箭的方式行進中出手。還是行進間突然背後換手運球，假動作晃過防守者，穩穩跳投。

這都是從球場跟電視上看來，洪氏兄弟的招數。我一次次反覆地練，彷彿自己的身影就跟洪濬正疊在一起了，有一種特別的滿足。

一直到天色大亮，別人陸陸續續拍著球進到球場。湊足四個，就開始鬥牛。多來兩個，就打三對三。八個就換全場。很快地，想像中的洪濬正不見了，無論怎麼努力預想準備，就是找不到對的時機用上我苦練的招式，只有拿不到球滿場跑來跑去的空腳步，運球一不小心運到別人手裡，或者失去準頭的球怎麼樣也不肯飛進籃框裡。

擦擦汗，十幾歲的生命不會承認夢想和現實總是有距離的，更不會頹然放棄籃球夢，只會咬咬牙想：明天還要起得更早，練得更多。

世界在另一邊

神奇的夜晚，小巷子暗忽忽地，只有幾盞遠隔的路燈亮光，勉強對抗著滿滿的黑，都市住家的民生社區不像原來住的雙城街，有那麼多店家招牌，感覺格外靜寂。可是穿過一片殘留著各式腥味的市場後，卻像破曉般，一吋吋迎向柔柔的光暈。光暈浮托著一大塊蛋糕狀的建築，那是正在進行籃球比賽的中華體育館。循著光暈的指示繼續往前走，突然之間，在中華體育館背後升起更高更白更顯眼的光芒，一根後面接著一根，後頭的光簇擁著前頭的光，好美的一片光點光線光面構成的，如花的圖案。那是臺北市立棒球場全開的夜間燈光。

本來遙遠到總是透過電視轉播才能看到的地方，竟然就在簡單信步可以走到的距離中。小學迷棒球時，心中有清楚的夢想排行。排行第一名，成為一個像許金木那樣的英雄投手。第二名，不管打什麼位置，只要能成為中華少棒隊的一員，從遠東區選拔賽一路打到美國威廉波特去。第三名，不然就化身成為電視鏡頭裡，那些可以在威廉波特揮舞國旗，親眼目睹中華隊收拾美國隊，管他美東美西美南美北，拿到「世界冠軍」的觀眾。第四名，如果出不了國，那就到棒球場看中華隊打日本隊。第五名，半夜起來看越洋衛星轉播時，媽媽好心滷了一大鍋雞腳，讓我們可以從第一局啃到第六局。

夢想排行前三名，唉，用膝蓋想也知道實現不了，連想欺騙自己都沒那麼容易。第五名最接近現實，不過卻沒有什麼值得拿去跟同學炫耀的分量。算來算去，真正熱切期待的，是第四名。

整個小學時代，去過市立棒球場兩次，兩次都靠一位家裡開雜貨店的好心同學。他們家有一輛車，他爸爸願意開車載我們去看球。第一次去，難得遠東區少棒賽輪到在臺北打。同學的爸爸曉得對日本的比賽，一定買不到票，給我們兩個選擇——看中華隊打菲律賓，還是打印尼。我們三個人討論了一下，這兩場都是穩贏的，印尼好像比菲律賓還弱，或許可以看到比較多全壘打。

沒想到大失策。對上中華隊的前一天，印尼隊爆出冷門，竟然只以二比五輸給日本隊。我們照預定在賽前一個小時到球場，哇，只看到滿滿的人頭，連售票處在哪裡，排隊人龍的尾巴在哪裡，都找不到。我們的車甚至沒有真正停下來，就掉頭回去了。

為了彌補我們，夏天過後，秋天上場的第一個錦標賽，應該是蔣公誕辰那幾天打的「中正盃」吧，同學的爸爸又出動了車子載我們去。這回順利買了票，進到了外野的座位，完完整整看了一場球。但是，現場看球還真不是想像的那麼回事啊！

從頭看到尾，我們都沒搞清楚究竟是哪兩隊在比賽。沒有我們習慣的電視播報在講話，而且從外野看，投手怎麼投，打者怎麼打，都不像電視上那麼清楚。這真的是棒球賽嗎？比起電視上看的，現場的好模糊、好虛假。

回程路上，我們三人都不太知道該講什麼，各自瞪著身邊一箱箱的黃酒發呆。同學家的車，是載貨的貨車，我們坐在棚子遮蓋的後車廂，屁股震得好痛，而且悶熱得一路汗如雨下。

遙遠的棒球場，不再遙遠了。我經常走過沒有球賽，空無人影的棒球場。很奇怪的感覺，好像闖入了棒球場的私密情境裡，也因此跟棒球場有了一份特殊的親近。露天的棒球場，和有屋頂密密實實蓋滿的體育館，很不一樣。體育館的空間隔離在牆裡，棒球場的空間，卻總是攤現在寬廣的天空下。

沒有比賽時，我完全不會想去靠近體育館，可是沒有比賽的棒球場，卻對我有著絕大的吸引力。最接近體育場那邊，有一扇鐵柵門用一條長長的鐵鍊扣著，稍稍用力推一下，太長的鐵鍊會讓出一段夠讓我鑽進去的縫隙。然後球員休息室旁邊有一個開口，可以直接走進球場去。

這樣溜進去，馬上就到了右外野。那時剛讀了楊牧寫的〈浪漫的右外野〉，心中浮現他描寫的那個孤單單守著右外野的傢伙，球要嘛不會打到右外野，要嘛打到右外野的他也接不到。人家內野熱鬧地叫來叫去，他也聽不清楚在叫些什麼。閒得發荒，他甚至想坐下來，拔一根草咬在嘴裡，想自己的事。

我是想著自己。想自己在一個完全空闊的球場，比楊牧筆下的那傢伙更孤寂。我甚至沒有一場可以感覺到疏離的比賽。我真的坐下來，總是有點潮潮涼涼的外野草地，真的拔了一根苦苦的雜草咬在嘴裡。望著看臺，望著內野，想像真有一場球賽在進行，大家都是為了球賽進來，只有我，格格不入，跟球賽，跟這個世界。

可是，也只有我，才真正擁有這座球場。溜進球場裡，就是會產生這樣的錯覺。這是我的，只有我看到、理解的深沉安靜的球場，整個球場和我在一起，只和我在一起。

我索性在右外野的草地上躺了下來。天空壓在我眼皮上，好像本來的距離消失了。

連這片天空，都是我自己的。這裡，是我的祕密角落，好大的一個角落！最大的一塊地，綠色的、紅色的、有著模糊白線的，加上最大的一片天，竟然都是我一個人的，把我和外面的一切分隔開來，我、棒球場在這邊，世界在另一邊。

突然，一個念頭閃過，如果有人可以跟我分享這樣的祕密角落？那一定是非常非常特別的人，那一定是非常非常特別的經驗。我、她、棒球場在這邊，世界在另一邊，多好！

可是誰會進來我的祕密角落？我不敢再想下去了，靜靜閉上眼睛，寧可讓自己迷迷糊糊地睡一下。

白色懸浮的夢幻圖書館

認真回想，高中三年，我竟然完全沒有進過學校的圖書館，也就對建中圖書館內部沒有一點印象。

圖書館的一邊，是學校圍牆邊老舊的僑生宿舍，我進去過，對他們簡陋的居住環境留下清楚記憶。圖書館的另一邊，是科學館。我記得高一時在那裡上生物課解剖青蛙，對我來說是極大的痛苦。眾多青蛙的生命在我們面前活生生被剝奪了，而且過程中有著許多不愉快的聯想。青蛙被麻醉了，然後用大頭針張開四肢釘在板子上，像是耶穌基督釘十字架那樣的姿勢。我不是教徒，然而我剛看了搖滾音樂劇「萬世巨星」，裡面那個宣揚愛與自由的耶穌讓我著迷，自然連帶討厭、痛恨將他釘上十字架的人。青蛙的皮膚被剪開，接著肌肉被翻起來，露出裡面的內臟，老師還要我們看那明顯還在跳動的心臟。注定在我們眼前走向死亡的青蛙，心臟每跳一下就少一下，每一跳都像是抗議與控訴。解剖該做的都做了，該看的都看了，有同學竟然就將青蛙放進燒杯裡煮了，還大膽地吃了一口煮熟的蛙腿。過早就有太多生命哲學思考的我，愣在座位上想著，這對於生命的輕蔑多麼驚人。

高二以後，換成去科學館做化學實驗，我幾乎都窩在校刊社請公假逃掉了。不過倒常常去科學館地下室的餐廳，早上買一個夾蛋或肉鬆的饅頭，五塊錢；中午則去買自助餐，配一大鍋浮著幾片菜葉的湯。讀到朱天心的小說，應該是《大學生關琳的日記》吧，裡面講到女主角窮得沒辦法，厚起臉皮在學校餐廳死命撈湯底的菜來配飯。我一時好奇，學著撈撈看，發現那麼大的鍋，那麼圓的杓子，那麼稀疏的菜葉，要想撈滿滿一碗菜葉，還真需要很大的勇氣，在鍋旁站上許多時間呢！仔細撈過了，也才曉得，湯裡原來放的是高麗菜，另外還有一點點（一顆？）番茄。

這些我都記得，就是不記得圖書館，跟圖書館徹底無緣，一次都不曾動念想進去看看圖書館長什麼樣子，又有些什麼書。不是因為我不喜歡書，而是生活裡已經有其他更有趣更迷人的，接近書的管道。

如果要看新書，要享受親近書及把書從書架上拿下來翻閱的樂趣，我去重慶南路的書店。如果想把書帶回家慢慢讀，有錢時當然買書，沒錢時，我就去行天宮圖書館。

行天宮圖書館在敦化北路的巷子裡，又是一個搬到民生社區後進入我生活的新奇地方。白色的四層建築物，設有開闊寬敞的閱覽室，大方地對外免費開放。更吸引人的，閱覽室竟然還有冷氣，天熱時真的不時會開；更吸引人的，新開的圖書館知道的人不多；更吸引人的，男生女生可以坐在相鄰的桌上讀書。

國中三年級下學期，我就發現了行天宮圖書館，在閱覽室度過了最無聊難耐、苦讀課本的時光。必須承認，在有別的大小年紀女生進出的空間，沒事可以抬頭看看左右女生的側臉模樣，而且除此之外，也就沒有其他可以進一步「肖想」的，對於準備聯考，還真有幫助。那一張張或遠或近，浮顯在眼前的俏麗面容，加上一點點對於俏麗面容主人的有限想像，調劑了背課文背公式的單調，讓我能夠坐得住坐得久。

考完高中聯考，散步時又回到行天宮圖書館，發現整個館空蕩蕩的，沒什麼人。我信步進到入門左側的借書處，眼前是一排排像藥櫃般的卡片架。打開來，每一格都放了厚厚一疊卡片，每張卡片代表一本藏書。

反正是最悠閒的一個夏天，櫃檯小姐在冷氣吹拂中，陷入半昏迷狀態，我覺得很安全很自在，就慢慢尋找理解這些卡片的道理。牆上有一個大大的表，寫著「杜威分類法」，我以為那應該就是美國哲學家、教育家，到過中國訪問的杜威，他真厲害，還發明了把所有書籍分類的方法。許多年後，我才知道，此杜威非彼杜威，圖書館分類的那個杜威，曾經是跟愛迪生齊名的發明家，我們現在辦公室裡無處不在的資料夾，就是他的偉大發明之一。資料夾讓大量紙張有去處有辦法找，而且巧妙地使紙張能夠立起來收藏，節省大量空間。

看來看去，對照牆上的表，和櫃中的卡片，我很快就發現，十進位分類法中，以8字開頭，尤其830附近的書籍，對我有著最大的吸引力。而且多麼巧，那個分項，剛好也是圖書館裡卡片最多的部分。

找出了道理，卡片就活了起來，一張連一張，攀親帶故，彼此呼應。前一本是我知道我讀過的，那麼後一本我不知道、沒讀過的，就格外引人好奇。我迫不及待動用了早就辦了的借書證，填上兩本書的號碼和書名，客客氣氣交給櫃檯小姐。小姐抬頭看我一眼，問：「只有這兩本書想看？」怎麼可能！我直覺地反應：「不是一次只能借兩本？」小姐說：「填五本吧，這樣萬一單上的書被借走了，不用再把單送出來讓你重填。」

原來如此。從那天起，有一兩年的時間，我每天搭〇東放學時，總是提前在臺北學苑站下車，穿過寬闊的敦化北路林蔭大道，進到行天宮圖書館，從書包裡拿出兩本書和一張借書單，還書同時借書。借書單送進去，等待的時間，我就翻查卡片，寫明天的借書單。我的書包裡幾乎隨時都有兩本貼了行天宮圖書館標籤的書。帶到學校，下課讀、上課也讀，設定應該要在放學前讀完。如果沒有讀完，公車就直接搭回公教住宅站，取消從圖書館走回家的舒服散步，算是某種懲罰吧！

就這樣，那兩年中我大量讀書，尤其讀了不會想在書店裡買的書。很難想像，如果沒有遇到這樣一座圖書館，我還有可能讀那麼多雜書嗎？更難想像，如果沒有讀那些數量龐大的雜書，我人生的道路有其他的選擇，我還會是今天的我？

擠滿文學意義的小巷

行天宮圖書館所在的那條巷子，一進去有一家賣米粉湯的小店，小店旁掛著標示地址的鐵牌。我偶然抬頭一看，嚇了一跳，我認識這條敦化北路巷子的號碼。前一陣子，姊姊在書店買了一本《皇冠》雜誌，雜誌裡剛好有一項週年慶有獎問答，其中一個題目問：「《皇冠》雜誌創刊號的封面是什麼？」我高興地反應：「自由女神像！」陳銘藩辦的《愛書人》雜誌，有專欄介紹各種老牌雜誌的創刊號，我看過那裡翻拍出《皇冠》創刊號封面。這樣一個得來全不費工夫的答案，竟然真的賺得了免費訂閱一年《皇冠》的獎品。而當時把寫有答案的明信片寄出去時，上面寫的就是這條巷子的地址。

懷著興奮心情，我越過行天宮圖書館繼續走下去，眼前果然出現了一棟樓，牆壁上掛著「皇冠」兩個大字。原來這裡就是「皇冠」的總部。我在花蓮堂姐家看到忘記要吃飯的四大冊《微曦》，馮馮的苦難自傳小說，是從這裡發行出去的。先在電視上看了陸廣皓（看到他老是讓我聯想起革命志士陸皓東）演的關八爺，而去書店找來熬夜讀的《狂風沙》也是。還有我書包裡正躺著的一本從圖書館借出的奇書——《蔣碧薇回憶錄》，也是。

《蔣碧薇回憶錄》的分量不比《微曦》或《狂風沙》輕，然而書中基本上只講一件事——蔣碧薇和張道藩的中年戀情。反反覆覆的生活細節，沒有戲劇情節推進，照理講應該很難吸引像我這樣一個十五、六歲的少年讀者。可是好怪，我竟然就厭不煩地一頁頁讀下去，讀完第一冊再去換借第二冊。那段閱讀經驗，不只在讀書，還一直不斷對自己質疑，為什麼我會想繼續讀這樣的書？愛讀這樣的書，顯示我是個怎樣正常或不正常的人嗎？

我當然不敢走進「皇冠」的大門，甚至連走到門口都覺得有壓力。到「皇冠」隔壁，一間不起眼的小矮房前就停了，停了半分鐘吧，看著「皇冠」的樓房，想像裡面必然數量龐大的書籍，以及必然濃厚的印刷油墨氣味。半分鐘後，轉身回到行天宮圖書館繼續讀我的《蔣碧薇回憶錄》。

夏天過完後，我在一個多風的日子進到建中註冊。註冊流程的最後一站，是繳交校刊費用。別人幾乎都在那張不起眼的桌前問：「可以不繳嗎？」得到的答案是：「一定要繳才能完成註冊。」只有我到了桌前問的是：「要怎樣參加校刊社？」得來的是桌後學長睥睨的眼光，懶洋洋地回答：「我們學校只有『建青社』，沒有『校刊社』。要參加建青社，就到社辦報名啊！」

真是個驕傲的社團。註完冊，外面有一排攤位，各種社團的海報在風中被吹得頗有些狼狽模樣。一路看過去，努力招攬新生的社團裡，果然沒有建青社。走了一圈，出於現在自己一點都不記得的理由，我報名了慈幼社。

不記得當時報名慈幼社的心情，主要是因為後來的其他經驗記憶攙雜進來嚴重干擾。當時的社長林本炫，後來成了臺灣重要的宗教社會學者，多年來經常碰面，他後來的學者模樣，干擾了在我記憶中，他高中時充滿愛心的社長風格。更重要的，慈幼社兩位跟我交往最密切的學長，影響我更大的反而是在文學活動方面。

剛參加慈幼社，下課後在一間還被秋陽曬得悶熱的教室，聽社長講了一番介紹忠義育幼院的話後，突然有人拍拍我肩膀，問：「你就是李明駿嗎？你是不是寄了一篇稿子給《三三集刊》？」我嚇了一大跳，這個笑起來很溫和的學長，怎麼會知道這件事？我的稿子是偷偷寄的，連家人都不知道，也沒有被登出來啊！

學長還是溫和地笑著：「本來以為你應該會去參加建青社，沒想到你也來了慈幼社。」學長解釋，他也喜歡寫作，試寫過一篇小說，看到書店裡的《三三集刊》好看，就寄了稿子去，因此認識了《三三集刊》的人。大家聚會講起來，說有一個男孩寄了一篇像小說又像散文的〈廊風〉給《三三集刊》，《集刊》沒有登，但朱天文給男孩寫了信，一來一往知道了他剛考上建中。

是的，那個男孩就是剛剛開始做著文學夢的我。那篇〈廊風〉，就是我在淡水線浪遊，對著觀音山的墳堆思考生命的結果，寫的是對一個虛構的早逝女孩的悲苦思念。感情浮濫、文字濃烈，一看就是矯情的習作吧！不過一起編《三三集刊》的成員朱天文，卻認真正式地回了我一封鼓勵的信，信中有一句：「青春是最大的奢侈」，應該就是對於我那堆砌的文辭與感情的溫厚評論與建議吧！

學長接著問：「星期六下午，『小三三』有聚會，來嗎？」我遲疑一下，想還是該弄清楚：「我可以去？」「當然可以，大家就是輕鬆聊一聊啊！」「我記得《三三集刊》在景美……」「喔，星期六下午是在敦化北路，『皇冠』在哪裡你知道嗎？聚會就在『皇冠』的隔壁……」

我當然知道「皇冠」！怎麼可能這麼巧！學長告訴我的地方，星期六下午過去一看，就是夏天時我停下腳步看「皇冠」樓房的那裡。原來「皇冠」蓋了新樓，留了一小間舊屋當倉庫。屋裡有閒空間，《三三集刊》由「皇冠」代理出版發行，所以順便就將閒空間借「三三」用了。

那條短短的巷子，距離民生東路新家十分鐘步程，塞擠了三個我文學啟蒙的關鍵。空間決定了我不可能拒絕接近「三三」的機會，決定了我得以大量閱讀各種新舊文學書籍，決定了我能夠實際看到文學的光華。那一棟靠文學一字一字堆砌起來的堅實樓房，象徵性地昂立在我年少易感易興奮的眼光中。

遲來的陽光之歌

那是在洛韶，我幾乎一夜沒睡。房間裡沒有一點燈火，其他鋪位隱隱約約傳來沉沉的呼吸聲。或許有人打呼了，但我不能確定，因為耳朵裡滿滿是立霧溪的水聲。

房間窗戶是開著的，我從上鋪坐起來，外面也都沒有光，顯然整座山莊切斷了主要電源，只看到完全的黑，不過卻是濃淡不一，塊塊拼接起來的黑。我努力睜大眼睛辨識，淡一點的那塊，應該是天空，開始變濃的交界處，也許是稜線上的樹梢。最濃的，是河谷對岸一叢叢攀生在斜坡上的樹。彷彿還看得出枝葉茂密一點的樹，樹影是潑墨般渾然一片，旁邊陪襯了細密點狀組構成的另一種黑，沒有那麼茂密的樹吧！我還試圖分辨樹影是否有被風拂吹過動搖的跡象，這塊黑和那塊黑曖昧游移著它們的邊界⋯⋯。

看不到谷底的溪流，然而溪流就在我身邊，比任何看得到的東西更明白明確。我腦袋中浮現「眼見為憑」四個字，愉悅地在心中否定了這成語的效力。不見得要「眼見」才能「為憑」，立霧溪以其豐沛的夏季水量，滔滔發響，流過我身邊，那嘩嘩然泠泠然落落然不斷變化的聲音，包圍著我，用不容一點點懷疑的姿態，伸張證明了它的存在，和時間一樣不容懷疑、不容輕忽的存在。

那是個詩意的夏天。我離開了臺北的燠熱，在中橫山林裡躲了整整十天。像個偏執狂般，我報名了兩個梯次的中橫健行自強活動，一個梯次從梨山走到武陵農場，另一個梯次再從武陵農場走到花蓮。

死黨們只願意跟我報梨山那個梯次，他們都覺得十天太多太神經了。都是中橫，而且都是早上揹起背包出發，一直走到傍晚，幹嘛要走十天？沒人陪我，我還是堅持要去，心裡還有點悲壯的情緒——「你們都不去更好，我可以一個人孤獨安靜地走，孤獨安靜地跟我的詩在一起。」

孤獨、走路、深山、一條不可能也不應該存在的路，這些都是我少年時認定跟詩有關，最浪漫的元素。

當然，我不可能真正孤獨。救國團安排的自強活動熱鬧得很。早上要讀訓，晚上有晚會，中間還穿插各式各樣的比賽，所有行動以小隊為單位，不准脫隊。更糟的是，在那個計較學歷文憑的時代，不管用什麼方法選，念建中的，就是會被選上當小隊長。小隊長要整隊要點名，有時還要充英雄搶先幫隊上的女生揹背包。

兩個梯次，我都當了小隊長，也都盡量合群地參加了所有團體活動，除了不那麼熱心和最漂亮的女生接近，寧可跟別的男生並肩走，或去陪伴隊上看起來外表最不起眼的女生之外，看起來就像個跟別人一樣的高中男生。

然而，我偷偷想像著自己的另一個不為人知的祕密身分，那就是詩的學徒。這是我給自己選擇的訓練場，大自然，天與雲與高山與溪澗，是教室也是考題也是老師。漫長的健行過程中，總有安靜下來單純走路的時刻，我就自覺地從平庸的高中生身分脫離開來，在沒有其他人察覺的情況下，進入我的神祕角色裡。

光是這樣想像地穿透在現實與詩意空間中，猶如魔術般變換身分，就夠讓我感覺到戲劇性的興奮了。最常是下午，睡過午覺醒來，整隊重新上路，陽光烈烈逼著大家緊挨著山壁邊求一點陰影，上午的疲累還未消散，下午的精神仍然有待被喚醒。那是話最少的時段，而且只要走進陽光中，就可以避開小隊的其他人，別人不會想曬太陽的。

其實，那樣的陽光很好，熱中帶有涼涼的風，像是一個壞脾氣的人老去了，不免還是會有自己都收束不住的仁慈流露出來。我想起瘂弦詩裡用的「老太陽」，太陽也是會有年紀的，或者說，詩幫助我們感受到太陽的年紀。

太陽老了
光陰暗了
時間慢慢地鏽蝕了它的機器
像是捲錯速度的影片
一切突然變得溫吞
就連殺人的刀舉起來
都缺乏了威脅
我們相信
在刀落下來前
還有空檔好好抽根菸

我抬頭看著太陽，一邊在腦中記錄這樣浮現出的句子。接著分歧的課題同時湧來，讓我有點錯亂慌張。是應該追索著抽菸的想法，鍛鍊下一個句子，還是應該先記錄抬頭眼中出現的層疊巨木所創造的感受？想了一下，挺挺胸，該試試更難的挑戰的，煙與巨木，沒有理由必定要分開，不是嗎？

所有的樹葉
都化成了煙
他們渴望風一般的翅翼
所以總是擺出朝上的姿態。
有一天
風來了將他們統統化為上升的煙
山谷裡飄滿了綠色的霧
看起來
每一棵樹都是一根根綠色的菸
而山，就是那群聚的巨人

一起在抽菸，談著
談什麼呢？
談太陽老了
光陰暗了
時間慢慢地鏽蝕了它的機器……

我得意極了，通過了一道詩的考題，得到一些可以當作詩的草稿的句子。再下來，大自然給的下一道題目，是跳躍在溪水上的粼光。我離開縱列的隊伍，走在靠溪的那邊，正要開始想我的明喻與暗喻時，隊上一個成功高中的男生靠了過來，衝著我說：「你有沒有覺得第六小隊的女生最漂亮？」瞬間，像是聽到午夜鐘聲的仙杜瑞拉，我從詩的學徒又變回了無趣無聊的高中生，勉強回答：「有嗎？我沒有特別注意……」成功的男生還要補一句：「我明明看你老是往她們那邊看……」

還好，夜裡，溪水自己來找我，把我喚醒，讓我在別人的黑夢中，卻聽見下午的細碎晃漾陽光。是的，我聽到，聽到溪在歌唱，唱一首遲來的陽光之歌。

逃避平庸無聊的方法

固定的程序是這樣的，三點五十分下課鐘響，收了書包戴上帽子，在教室外的走廊晃個幾分鐘，等散在不同班級的死黨們聚齊，然後出發。一出校門，就把頭上的圓盤帽拿下來，放在手上捏啊捏，反正就是不能讓它恢復原本中規中矩的模樣。如果是春秋兩季，還可以把夾克脫下來，拎背著。那時候我們都愛看「荒野大鏢客」裡的克林伊斯威特，尤其喜歡他身上的大斗篷，和嘴角永遠咬著的菸捲。我們當然不可能大膽到穿著制服在街上抽菸，但有夾克披在肩上，至少有點自己想像的風沙江湖味道。

那時候，生活中最重要的事，就是想方設法讓自己別像個高中生，別感覺到自己是個高中生，能夠跟其他生命型態扯上關係，就算再勉強再邊緣，都好過做一個「堂堂正正」的高中生。

越過南海路，進入植物園。繞大小兩個荷花池走，我們的左邊是歷史博物館磚紅色的高牆，池的盡頭有一座小涼亭，右轉看到一排高大而且樹皮永遠發著耀眼金光的南洋杉，就可以走出博愛路的側門。從博愛路右轉愛國西路，然後再左轉，就到了重慶南路。這一路空間都是開闊的，車輛稀少，人行道平整寬大，不只適合閒散走路，還可以讓我們自在地追逐打鬧，高聲冒出一些髒話，也沒有別人會被冒犯。

不過上了重慶南路就不一樣了，眼前的建築物是法院，背景上更突出的是總統府。雖然明知我們的行為就算違反校規，也不至於跟法院有什麼干涉，卻還是不免避忌地放低音量和減少誇張的打鬧動作。更不自在的是我們的步行速度，通常都會開始放慢一點，因為走到法院前約莫是四點二十分左右，北一女剛響了聽來刺耳的下課號角聲，綠制服的女生們還沒出來。等我們磨磨蹭蹭晃到貴陽街口，北一女放學的人大量湧出，我們自虐地讓自己混在大群綠衣黑裙間，感受更強烈的尷尬與窘迫，於是腳底不自覺在總統府前加快了速度。

真的完全沒有要幹嘛，不是為了要去跟女校學生搭訕，甚至也不是簡單地去「看女生」。那樣被幾百個女生夾著走的狀態下，也根本看不到什麼。只是在那青澀的歲月中，尷尬、窘迫都成了生命中的正面價值，讓生活沒有那麼想當然耳，沒有那麼行禮如儀。什麼都比「正常」的高中生好，天不怕地不怕，就只怕自己如此平庸無聊。

抱持著這樣的心情，我們繼續往前走，走經老臺灣銀行，有時候邊門會開著，剛好看到行員們將一箱箱破舊的紙幣從車上抬進去。一個行員回答過我們好奇的詢問，「這裡是所有鈔票最後的終結。各地收到不堪流通的破舊鈔票，都要送來這裡統一銷毀。那每一箱，如果裝的是一百元鈔票，就是一百萬元。」

我們露出驚訝的表情。然後彼此討論，如何從裡面偷出一箱鈔票，再髒再臭都沒關係，然後開始想像，如果有了一百萬可以幹嘛？其實我們對於財富的想像力，極其有限，所以這話題講不了太久，就必須放棄了。還好我們也走過衡陽路口了，眼前有了一家又一家連綿展開的書店。

一過衡陽路，我們必定要進去的書店，是「中華書局」。沒什麼別的道理，因為「中華書局」沒有擺放任何想像中高中生應該有興趣讀的書。那是一家從大陸搬過來的老書店，全名應該要加「臺灣」兩字，時間好像在書店裡凍結住了，或許該說書店裡的人似乎決定要忽略時間的變化，才對得起遺留在海峽對岸的故土。和「中華」一樣凍結在時間裡的老書店還不少呢，同樣在重慶南路上的，就有「世界」、「商務」，不遠處還有「東華」、「開明」等等。他們的牆上擺滿了都是大陸時期就出了的書，還得滅除當年政治敏感、判斷不宜的部分，包括作者「陷共」或「投匪」的，也包括對國民黨、對中國文化不夠友善崇拜的。如此一來，書單書架上留下來的，就只能是古書古籍了。

像是「中華」，一進門，最搶眼的是一大面《四庫備要》叢書。這些書用美麗工整的仿宋字統一重排，都是中國古典的重要著作。我們曾經去過中研院，參觀胡適紀念館，保留下來的胡適故居書房裡，有一個木頭書櫃就是專門用來收《四庫備要》的，而且我們靠近貼著看，發現櫃中幾乎每一本書，都夾插了小紙條，顯然胡適先生都讀過了！令人驚訝，尤其讓我們驚訝的是，因為那一套書完全沒有標點，我們讀來多麼吃力而緩慢。

到我們念高中時，能夠讀古書古文的人，都已經凋零寥落了，那麼像「中華」這樣的老書店要如何支持下去？意外地，就在「中華」門口的書攤上，翻讀當時地位曖昧的黨外雜誌，裡面剛好就有一篇文章「揭露」了教育部教科書的黑幕。原來有幾十家這種「特權書店」掛名在中小學課本的「總經銷」名目下，不需費什麼力氣，每年就能坐享「經銷」課本產生的龐大利益！我看看文章，再回頭瞧了瞧被點名的「中華」，想想竟然是我每學期繳的課本費，幫忙維持了這樣古書古籍寂寞滿屋的局面。突然，我心裡非但沒有憤慨，反而生出一點慶幸與安慰來。

雖然繞了好些彎，畢竟我們和這如此異國異時情趣的事物，有了明確關係。我們找到了另一個擺脫無聊高中生身分的理由，因而慶幸，因而得到安慰。

在驚愕中成長

高中一年級，第一次到學校辦完註冊手續，回到家，將帶去註冊剩下來的錢交還給爸爸。爸爸鄭重其事地從中間抽出五張一百元鈔票，正式告知我，過去每個月兩百元的零用錢，從那天開始，增加為五百元。

如果沒有重慶南路，沒有放學散步經過重慶南路的習慣，我想這樣的零用錢額度，應該會讓我高中三年過得很不錯吧！反正每天吃飯有便當，學校費用可以另外支領，就只剩下每張六十元的公車月票固定要從零用錢裡支付了。每天到餐廳多買一個饅頭夾蛋不過十元，看一場電影學生票也才七十元吧。

但是卻存在著重慶南路，和重慶南路所有的誘惑。應該這樣說吧！重慶南路是我人生經濟學的第一課，讓我開始清楚意識到要用有限資源去追逐無窮欲望的痛苦，以及思考應付這種痛苦需要的智慧。

重慶南路是一整排的書店與書攤。在那個還沒有金石堂和誠品的時代，我們不是逛書店，而是逛書街，從這家書店走出來，馬上再走進另一家書店。有些是像「中華」、「世界」、「商務」那樣的老字號，店裡賣的都是自家出的書，別的地方不容易看到。可是也有像「建宏」、「三民」、「文化」、「大中國」等綜合書店，店裡同時陳列許多不同出版社的最新出版品。

逛書街最大的麻煩是，你喜愛但捨不得買或買不起的書，會一而再再而三出現在不同的書店裡，反覆考驗你的抗拒能力。比如說傳記文學出版了劉紹銘等人合譯的《中國現代小說史》。夏志清教授原來用英文寫的大部頭作品，裡面講魯迅講老舍講錢鍾書，都是「陷匪作家」，甚至是「親共作家」，是我們無緣接觸的，但至少可以透過夏志清的敘述，知道這幾個傢伙究竟寫了什麼樣的東西。裡面還有一大章講張愛玲，我正在熱情耽讀的作家，夏志清講得眉飛色舞，好看極了。先在文化圖書公司翻到了這本書，一看，厚厚一本定價超過一百元，實在買不下手。站在書架前讀了一段，悻悻然將書擺回去，走出來。到了隔壁宏業書局，跳入眼中的，赫然又是《中國現代小說史》！口袋裡的錢，不會因為從「文化」走到「宏業」就突然變多了，但被逗引起的渴望卻倍數增加。勉強忍住，再往前走，彎進店面最寬廣的建宏書局，沒走兩步，自己悲涼地嘆息了，還是那本《中國現代小說史》淺褐色的封面在架上招著招著！

老是覺得窮，覺得錢不夠花。因為重慶南路教我們體會到人生最早的財產滿足，書是一個十幾歲少年唯一能夠擁有、累積的明確財產。書店裡那些財產一字排開光溜溜地在我們伸手可及的地方展示著，然而我們能帶回家的，卻那麼少又那麼有限。

家中其他東西都是爸爸媽媽的，或家人共有的。只有書，我們自己選中買下搬回去的書，是我們的，伸張著我們做為一個人的獨特地位，因而書的多寡也就似乎直接象徵了我們生命的厚薄程度啊！

走在重慶南路上，從一家書店換到另一家書店的空檔，我們談論著如何克服有限資源與無窮欲望的巨大落差。最簡單的答案當然在對話中浮現出來——有辦法不付錢就把書「拿」出來嗎？我們寬大的夾克，或是吊在大腿邊的破爛書包，可以掩護我們將書「拿」出來嗎？需要什麼樣的快手技術，才能瞞過店員的眼光呢？幾個人應該怎樣互相配合阻擋店員視線呢？萬一，萬一被發現了，怎麼辦？

我們想了很多，談了很多，也模擬想像了很多，但最後一個問題：「萬一被發現了怎麼辦？」得不到可以說服人安心的答案，那麼其他想的談的模擬想像的，也就都沒有意義沒有用了。我們不敢。

正因為不敢，這個話題就成了我們那段時間的執迷。講來講去，不曉得是誰，用了應該稱為「逆向思考」的原則，找出了大家聽了都覺得很興奮的辦法。「我們不要偷書，但我們可以進到書店，故意裝作好像是偷書賊一樣。晃來晃去，故意把手伸進夾克裡，故意好像腋下夾了東西似的，故意沒事翻一翻書包，故意把手放入書包中……。店員一定會過來查我們的夾克和書包，我們說沒偷書，他們一定不信，我們就說：『如果沒查到你們的書怎麼辦？可以給你們搜，但沒搜到你們要負責！』他們當然查不出什麼來，那我們就大聲嚷嚷要他們賠，『叫警察來！誣賴建中學生是偷書賊！』」

這真是個好主意！或許店家不好意思，會送我們書表示歉意，或許下次看到我們，他們再也不敢盯著我們看，我們輕輕鬆鬆就可以把書「拿」出來了。主意好到我們馬上付諸實行，就近找了一家我們知道店員最多看得最緊的書店，大家分頭進行假裝偷書的把戲。幾分鐘後，我們的演技顯然奏效了，突然之間，店裡三個店員同時起身靠近我們……

他們一句話都沒說，直接拉住我們的書包，然後就將我們用力朝店門外拉，毫不猶豫地拉向店旁邊的暗巷中。唯一一個大概因為演技太爛而沒有被拉扯的同學，慌張大叫，可是並沒有引起旁人太多的關心。在暗巷中我們原本準備好的說詞與威脅毫無用處，一個個書包被那幾個惡煞翻倒過來，我放在書包裡的手錶重重敲在水泥地上，玻璃殼碎裂開來。沒有偷來的書，那三個人非但沒有絲毫歉意，還好像因此更恨我們，更想揍我們一頓。

唉，少年想像的大人世界，總是少了那麼一點沒有提防到的現實，讓少年驚愕，在驚愕中成長。

青春是最大的奢侈

我們的匆匆行色，在青冽的空氣裡，
劃出一種輕喚你的聲音。

盛氣凌人的少年

二十一歲那年，我寫了一篇自己到今天都還很喜歡的小說〈啟蒙〉，一個高中男生的純情故事。小說的開頭：「我還記得那是初中畢業的那個夏天，第一次，我想到這個世界，想到一些深沉在心中的事。聯考放榜，如同預料的，我沒有考上任何一所公立高中，突如其來地，第一次在這整個人間生活裡，我發現前面的軌道如此的分歧、模糊，甚或可以說是尚未完工的。」

這位迷惘的男孩，還是得去找個私立學校念書。「九月，爸爸終於決定讓我去一所教會辦的私立中學念書。學校就在市郊，依著山層層級級地蓋出來的。」當我在稿紙上寫下這段文字時，我心底很明確有著這所學校的模樣，那是位於內湖的方濟中學。

這輩子，我只到過方濟中學一次，而且已經全然忘記為什麼去了，事實上除了學校在緩斜的山坡上，校門口馬路邊歪歪設著一支公車站牌外，我對那個學校也沒有留下其他印象。但我記得，那次去方濟，是爸爸陪我去的；而且我私心裡堅持，這樣一篇要寫高中愛情故事的小說，背景非得要有內湖不可。

我更想選的場景，是同在內湖的另一所教會學校——達人女中。達人和方濟一樣，都依傍著山蓋出來，我不會記錯，達人女中操場的盡頭，有一排往山坡上去的石階。問題是達人只收女生，我沒辦法讓小說裡的男生去那裡念書。

高中二年級的暑假，臺北市救國團辦的文藝營，選在達人女中。那個年代，最有名、最重要的是救國團總部辦的「全國復興文藝營」，那是暑期青年活動中很搶手的項目。市團部的文藝營則是針對臺北市的幾所高中校刊編輯，提供文學寫作與編輯上的訓練，所以不是公開招生的，而是發文給各高中（那年代全臺北市加起來只有八所高中！），由校方選派校刊社人員參加。

訓育組長看到公文上寫著，營隊中還會舉辦寫作及版面編輯比賽，很緊張。把我們找去，表示既然有比賽就事涉校譽，建中不能輸，建青社一定要派最好的好手參加。商量半天，前後兩任主編當然都要去，還有我們編校刊時的幾個核心死黨。

去就去吧，沒有道理為了這種事為難組長。我們幾個人依照通知去到達人女中，填完資料分了組，跟別的學員進行自我介紹，傻眼了。

別的學校派來的，都是高一升高二，準備要接編校刊的，只有我們學校跟北一女，把已經編過校刊，馬上要升高三的人送了過來。這什麼跟什麼嘛！我們是人家的學長，更重要的，他們要學的東西，我們不早已經玩過了嗎？我們來做什麼！

從第一堂課開始，就意興闌珊。看課表，更是滿肚子火。蕭蕭來講中國文學史，向陽講西洋文學史。主辦單位不認識這兩個人嗎？兩個都是詩人，講現代詩講寫詩讀詩，有道理；講文學史，不通不通！

一個多小時的課，能講什麼文學史！想睡又睡不著，難免就生出一點搗蛋做亂的念頭。坐在最後一排，卻大剌剌舉起手來打斷蕭蕭老師的話，站起來更大剌剌地說：「可不可以不要講這些課本上會有的東西？我最近讀了老師跟張漢良編的《現代詩導讀》，覺得那裡面談的有趣多了，也有用多了，難道不能改講那個嗎？」蕭蕭遲疑了一下，堅持還是應該照課表上，但可以多留一點後面問答的時間談現代詩。

向陽上課上到一半，我又來了，手舉得高高的。向陽很客氣讓我說話。我說：「老師，為什麼我們沒有像你剛剛說的希臘史詩般的作品？最近『時報文學獎』設『敘事詩』獎，鼓勵人家寫兩百行以上的長詩，是要創造我們的史詩傳統嗎？向陽老師你自己將方言入詩，還寫形式方正的『豆腐詩』，也是要在詩裡面加入什麼樣的新精神嗎？」

向陽開心地笑了，開心地說：「啊，這位同學你把我摸得很透澈！」然後順勢回答我的問題，就講起自己的詩、朋友的詩，再也沒有回去講什麼「西洋文學史」。

M後來跟我說：「第一天還沒過完，營隊裡的老師和輔導員都知道來了一個盛氣凌人的建中學生。」

盛氣凌人，有嗎？我辯解：「我只是想辦法給自己找點樂趣，不然四天三夜要怎樣熬得過去？誰叫妳排那樣奇怪的課。」

M是市團部負責文教事務的人員，文藝營就是她一手打造的。她露著寬容的笑容，耐心跟我解釋，文藝營的課程長官要管的。他們不懂現代文學，不了解文學創作，只知道課本裡教的那些，所以非得有中規中矩的文學史課程不可。可是她又很想找熟識的年輕作家來跟我們聊聊，所以才乾脆把蕭蕭排去上中國文學史，商量向陽上西洋文學史。

原來是這樣！我怎麼會知道？

那個時候，在達人女中的課堂上，我只知道這是個荒謬的錯誤，我不該跟一群高一學生坐在一起，我只怨嘆報到後得等三天才能離開。我不會知道，人生中許多最深刻的經驗，往往來自別人或自己的錯誤。我不會知道，這一切背後有一個二十八歲，抱著文學夢想的大女生。我不會知道，這個大女生的辦公室就在臺北學苑「青康戲院」的旁邊，更不會知道往後幾個月，我每天放學都將忍不住繞進那間有冷氣的辦公室，找大女生聊天。我不會知道，在達人女中發生的無聊、瑣碎的事，後來將一輩子存留在我的記憶中，再也忘不掉。

尤其是通往坡上的那道長長的石階。

騷動的星光

那天夜裡，我們幾個人坐在達人女中的石階上，高蹈談論。M應該來聽聽，那才真正叫做「盛氣凌人」。

起先應該是講起校刊編印的事，毫不留情的嘲笑其他學校的做法。他們都沒有我們這種獨自闖蕩江湖的經驗，所以也就不可能對打字、印刷有深入的認識與了解。我們都知道，北一女的校刊長期跟一家印刷廠合作，她們的完稿都不是在校刊社裡做的，是拿到印刷廠，由「黃老闆」幫忙完成的。我們都知道，北一女校刊社的美編可以不懂照相打字，可以不懂特殊效果，那都是「黃老闆」決定的，難怪她們校刊的標題字那麼俗。我們都知道，今年景美也跟進，把校刊拿去給「黃老闆」印了。

或者該說，我們自以為知道。重點不在別人怎麼編校刊，而在我們跟別人不一樣。不只跟別人不一樣，還要跟別人想像的建中學生不一樣。沒有人想像建中學生每天背著書包在外面跑打字行、跑印刷廠。沒有人想像建中學生每天窩在校刊社裡仔細精算這期經費的分配，三不五時打公用電話跟廠商討價還價。沒有人想像建中學生發現了新的影印機器，可以放大縮小，於是機伶地將照相打字的標題拿去放大縮小影印，這樣就可以省下不少打字費來。

那個年紀，跟別人不一樣，跟別人想像的不一樣，如此重要。對我們的不一樣，自豪地維護著，即使是失敗的異樣經驗。上一屆的學長，用校刊社的錢，特別打造了兩個水晶玻璃的數字，「6」和「9」，然後找專業攝影在棚內打光，讓那兩個字閃亮金光，做成六十九期校刊的封面。我編的那期，則是用社刊社的錢，買了一塊玉製的龍，也是找專業攝影，拍了龍的照片，將龍的影像縮小複製，當作封面的滾邊花紋。中間的部分，則是以重複曝光顯現三個建中紅樓，一個比一個明亮，呈現「從陰暗中現身」的主題。最後要求印刷廠用特別的銀色當底色，完成好複雜的封面。

在達人女中的石階上，死黨們不忘花很多時間嘲笑我「精心設計」的封面。印出來的成品完全不是那麼回事。銀色沒有發亮，成了平庸的灰色。龍被縮得太小，根本看不出綠色玉質來。更糟的是那三棟紅樓，我自己以為是「由暗而亮」，很多人一看卻直覺認為是紅樓漸次消失在黑暗中了！

那是個失敗的封面，但我們講起來，卻沒有一點沮喪，因為光是這種失敗的存在，都讓我們驕傲。那張三重曝光的紅樓照片，還是爬在校刊社屋頂上拍的，我們跟攝影師整整耗了兩天。我幫忙拿著專業的測光器，留意太陽的位置，反覆測光，攝影師不斷調整鏡頭前用來遮光的紙片，十一月的季節，大家的衣服竟然都汗濕了。

我清楚記得，我將這樣的過程，講給編北一女校刊的S聽，她眼底閃耀羨慕與崇拜的光芒。她說：「你們真的在實踐夢想，我們只是在編校刊而已。」我相信，我當然願意相信，她說的是真心話。

在達人女中的石階上，我們談起夢想。不過沒有談夢想實踐，卻談夢想的破滅。我先講讀了宋澤萊《打牛湳村》的感動，那蕭家兄弟，一個老實、一個機伶，卻都在家鄉農村的環境中沉淪，讓人心驚。H順著講起黃凡的《賴索》，從《賴索》講到索爾貝婁的《何索》，又講到以撒辛格的《傻子金寶》。我稍一閃神，話題突然又拉回《賴索》，H和C激烈地爭辯，小說裡「韓先生」那個角色，到底是影射廖文毅還是邱永漢。廖文義和邱永漢我都不認識，只能在旁邊試圖緩解他們愈來愈激動的情緒，沒想到H性子起了，火花連帶燒到我這邊，嘲笑我耽愛楊牧的詩，只懂得欣賞抒情詩，卻對洛夫以降的超現實主義詩風一知半解。我怎能忍受H說我不懂洛夫、不懂〈石室之死亡〉？H卻不理會我的辯解，連珠砲般強勢地問：「那商禽呢？那碧果呢？你真的讀懂了商禽，怎麼可能還讀得下《蓮的聯想》和《北斗行》？」

有人提議：都別吵了，睡覺去吧！我止住了衝到嘴邊，跟H抬槓的話。抬頭，看見滿天星斗，只是好怪，星星的碎光似乎會動，而且朝離開我們的方向動著，隨著，暗黑的天好像愈變愈高，愈變愈空曠。

第二天一早，我們都從廣播裡聽到自己的名字，被要求早餐後到營隊辦公室去。原來是晚上查鋪時，我們不在房間裡。「你們去幹嘛了？」M故意扳著臉嚴肅地詰問我們，那是我第一次跟她面對面，第一次近距離看到她。後來，我誠實告訴她：「一張刻意想讓人害怕的臉，卻沒有成功。」我怎麼可能怕這樣一個清清秀秀的大女生？甚至沒有一點罪惡感，我代表大家描述了我們前晚的行蹤，以及我們談論的內容，或許特別對文學的部分加油添醋吧，這樣才能理直氣壯做結論：「來文藝營，不能談文學？那幹嘛要我們來？」

我以為我會激怒M，我以為我會讓M尷尬困窘，我以為她就像我們其他老師一樣，不能忍受也不知如何處理學生滿口他們不理解的事。我錯了。M牽牽嘴角笑了，對H說：「不見得喜歡商禽，就不能喜歡楊牧啊！楊牧跟商禽，還有黃用，也都是好朋友，不是嗎？」

不敢想像，原來她跟我們是一國的？我還來不及收拾驚訝，M轉過來對我說：「你們睡不著覺要談文學，可不可以來我這邊談，這樣我才曉得你們沒有失蹤，順便也可以旁聽一下。」

走出辦公室，H挨在我身邊，低聲悠悠地說了一句：「她是個好人。」突然，我心底竟然有了一股莫名的嫉妒不受控制地升了上來。

秋風的名字

M在《北青選集》的〈編後記〉中寫了這樣一段話：

「平時，學生們常來，一下子探看《北青》出刊沒，一下子拿了篇新作來研討，一下子又討論校刊，甚至只為了與我聊聊，轉了幾趟公車、請了公假、淋了雨，給我的總是滿滿滿滿的關懷、濃濃濃濃的情感。」

M說的是實話。她有一種天生容易親近少年學生的氣質，尤其容易讓愛好文學、嘗試創作的彆扭孤僻少年覺得安心。半年多的時間，我沒事就從團部辦公室後門，鑽進去找M聊天。好多次，都碰到了M筆下那些給她「滿滿滿滿關懷、濃濃濃濃情感」的學生們。

有一次我剛到，跟M聊起前一天沒有講完的話題，應該就是前一年編《建青》搞得風風雨雨的事吧，我本來就答應告訴M，校慶那天被叫到校長室所發生的事。我在那裡把校長祕書激怒了，他竟然動手要打我，我直覺地起身躲過，然後跑出校長室，校長祕書也追出來。在走廊上遇到校長陪著北一女的鄧校長，我尷尬地停了腳步，隨兩位校長回校長室，瞥見校長祕書臉上陰晴不定，一方面想看我倒楣的好戲，一方面又怕我不曉得會在兩位校長面前講出什麼話來……

這段經過，我從來沒跟任何人說過。沒有告訴建青社的死黨們，當然更不可能告訴爸媽家人。我只信任讓M知道。

講著講著，進來了一位剛上臺大念中文系的女生。M跟我提她的名字，我馬上辨認出，她的作品常常刊登在《北市青年》上。M請那女生先坐在對面同事空出來（下班了？）的座位上，繼續聽我講完那段荒謬的校長室奇遇記。我放低聲音講，認真地回想許多細節，沒有自覺究竟講了多久。突然，臺大女生站了起來，笑盈盈的走過來，把手上一張小紙片交給M，又笑盈盈地擺擺手就離開了。M大方地讓我一起看臺大女生寫的紙片，她說她得先走，等不到跟M講話了，還說上大學很新鮮，最近努力寫一篇關於自殺的小說，要去參加聯合報小說獎。

那個女生叫簡敏媜，就是後來的簡媜。

過了沒幾天，我走進M的辦公室，發現我習慣坐的椅子上有人。三個附中學生環繞著M的桌角把她圍住。M用眼神示意叫我坐到對面同事空出來（又下班了？）的座位上。我坐下來，從書包裡拿出我那時候習慣使用的八開白報紙，試著將開了頭的詩寫下去。那是一首情詩，那種歲月，不寫情詩要寫什麼？

詩的標題，我還記得，是〈秋風的名字〉，來自於我那時讀到的一篇川端康成的掌上小說〈秋風的妻子〉，小說是從遺留在梳妝臺上的一小撮捲得圓圓的頭髮寫起的，我的詩呼應地如此開頭：

以你的黑髮，髮茨中的暗與光
為秋風命名，
光在風頂，暗在風腳，
思念在秋風吹過送來淒清的我的額際……

寫了一兩行吧，我抬頭看見M，看著她半長及肩的髮絲隨著講話的動作微微搖擺著，上面有辦公室日光燈色晃漾。突然，詩寫不下去了，我換了一張白報紙，寫我的另類日記。將我的所思所為，以寄給一個不存在的戀人的方式記錄下來。我寫：

Dear You：

今天我在複習的中國文化教材裡讀到悲劇，真正的悲劇。那些曾經在去年讓我興奮激動，立志要克服艱難做個「君子」的眾多字句，孔子的循循善誘，在我眼前，毫無遲疑、不容商量地倒地死去。所有熟悉的字畫熄滅了他們的光采，褪色成統一的，暗晦的聯考的顏色。世界，被聯考籠罩統治了，連孔子都沒有躲過。

寫到這裡，再度抬頭，M和附中學生的談話還是沒有要結束的跡象。一股憤怒不期然地籠罩了我，我在日記那張紙的角落，草草寫：

「我走了，我不要像個傻瓜一樣在這裡等。誰叫我晚來，跟上次簡敏媜一樣，晚來就是該等，等到你有空。我當然也不會有特權。」

盡量用最俐落的動作將紙角撕下來，折得很小很小很緊很緊，越過桌子我將紙團交給M，勉強擠出一點笑容，我背起書包來離開，自己覺得那姿態悲壯悲涼，像在展示著某個悲劇。

或者該說，在預演著某個悲劇。那樣衝動的舉措，字句中掩藏不住的激動，逼我看到事實——我覺得、我希望我擁有特權，M會為了我把別人排開的特權，至少不會依然平常地繼續跟附中的學生講話，好像什麼事都沒發生一樣。坐在對面的位子上等，顯示了在M的心裡，我和簡敏媜一樣。更慘的是，如此角色交換，是不是同時也意味著我和那些附中男生沒有兩樣？

我被自己擠到很窄很窄的牆角，比M辦公室角落更小更小的地方，咀嚼著不能承認又不能不承認的嫉妒，我嫉妒那些占據M時間的附中男生，我認為他們沒有資格，他們是誰？他們憑什麼？

在敦化北路街上，我愈走愈快，風隨著愈吹愈急，可是我的身體在熾熱燃燒，旺旺的火燒著對那三個附中男生的憤怒。我必須走得更快，讓風把火燒得再旺些，至少不能讓怒火停歇下來，因為潛意識裡我明白，一旦怒火停歇了，我就必然要看到圍在火勢旁邊的幽暗念頭。我會知道，附中男生沒做什麼，要氣應該氣M，氣她心中並沒有留給我特別的位置。我會知道，真正要嫉妒，對象不是附中男生，而是M的丈夫，她心中她生命裡確確實實最重要最有地位的人。

敦化北路很寬很寬，可是我卻覺得路在我前面聚攏和合，讓我喘不過氣來了。

青玉般的感情

那個時候，南京東路、敦化北路口的圓環還在。于右任的銅像也還高高站在圓環中間。我上學搭的〇東要在那個路口從南京東路左轉敦化北路，我一次又一次在車子繞著圓環急轉彎時，抗拒著離心力，壓著隨時可能從肩上被擠掉的書包，努力朝車門走，準備下車。

那一站的站名，是「臺北學苑」。我在那站下車，跨過七十米寬的敦化北路到行天宮圖書館還書借書。後來，我在那站下車，到青康戲院查看門口的海報，或許就趕晚飯前進去看一場舊電影。再後來，我在那站下車，走進救國團臺北市團部的辦公室。

辦公室一大間，擺了十幾張桌子吧。M的辦公桌在中段，旁邊有個過路走道，後來才曉得，走道一邊通向主任辦公室，一邊通向隱密的後門。這樣安排是有道理的，主任不從前門出入，他走後門，來無影去無蹤，不讓同事們知道他什麼時候來又什麼時候走。這樣的安排真有道理，我就可以推開反正沒有什麼人敢用的後門，直接走到M的桌邊，不需要從前門接受她團部同事口頭或眼光的詢問。

M的桌邊常常擺著一張椅子，因為不時會有學生去找她。她負責編《北市青年》，一本開放給全市中學生投稿的刊物，在那個團部勢力還很大的時代，全臺北市每一個中學生註冊時，也都要繳費訂《北市青年》。每一期投稿到《北市青年》的數量一定很驚人吧！卻全部都由M過目篩選，也都由她一個人負責編排校對工作。

投稿獲得刊登的學生，還要到辦公室找M領稿費匯票。M通常會親切地留他們在辦公桌邊坐一下聊聊，絕對沒有一絲官僚晚娘氣息。

升高三，我早就不看《北市青年》了。覺得自己有更高遠的文學夢想，對於分齡習作有著強烈的反感。要寫就寫最好的，法國詩人韓波十九歲前就寫完了一生中所有重要的詩了。白先勇他們上大學就辦《現代文學》，用雜誌和作品改變了文學史。還有，李昂十六歲寫的作品就登上了《現代文學》，驚豔文壇。這才是我在意的前例。我的小說〈約·會〉也已經刊登在蔡文甫先生編的《中華副刊》上了，我覺得我有資格如此夢想，也有資格睥睨專門刊登學生習作的《北市青年》。

沒想到文藝營結束後，M找B跟我一起幫《北市青年》做系列報導。B念成功高中時經常投稿《北市青年》，因而跟M熟起來，上了大學就半打工地幫M處理《北青》的稿件及編排。所以他才會在文藝營當輔導員。

我記得跟B去了一趟三峽祖師廟，看李梅樹的設計，也看到了廟後面的雕刻工坊，老師傅們在陰暗的空間裡敲鑿，外面是清朗漂亮的秋陽照耀。後來我們又去了一趟外雙溪的中影文化城，看經歷過武俠電影盛事光景之後，開始衰敗的影城街道。B負責拍照，我則寫了極為抒情的紀錄文章。

在準備報導的過程中，開始跟B一起探訪M所在的辦公室。B對中學、大學校刊生態變化格外熟悉，跟M談著他們共同認識的人，誰考上了哪裡，誰又接了那本學生刊物的主編、總編。那種話題我搭不上，不過我可以跟M聊臺灣的作家們。M每期會約幾個名家幫『北青』寫稿，她邀的人，我幾乎都知道，也都讀過他們的作品，尤其是詩人，我對詩社詩刊詩集的理解，比M還多。

然後，M就拉我一起參與她手上進行中的《北青選集》。她大方且大膽地將《選集》裡最重要最醒目的文字，都交給我寫。包括放在全書開頭，不具名的精神宣示，也包括書中每一個專題前頭的題詞。我也自信滿滿不客氣地寫了。

標題叫「喝采」的欄，我寫的題詞是：「夜幕未降／而那些星子一個接一個地點燃了」。另一個寫給「激情」欄目的題詞是：「你的歌即陽春即白雪／妳的寒噤應被陣陣暖流融解了」。「迴響」欄則是：「在白雲之外，在憂傷之外，將有更多莊嚴的負荷」。還有一個欄叫「年輕」，我寫了：「我們的匆匆行色，在青冽的空氣裡／劃出一種輕喚你的聲音」。一個叫「變調」的欄，我則寫下了：「映影在這樣清澈的夜空中／你，就像一個不甘沉默的驚嘆號」。

書最前面，我寫了「出發」：

「雖然，現在似乎還未到該我們來往後看的時候，但一種自覺與感激驅策著我們來見證這麼亮潔清明的青年盛氣。

在成長的過程裡，青澀比什麼都可貴，因為青澀含蘊了驚人的野心，年輕的生命滿得要溢出來了。更重要的，年輕賦予每一個人給世界驚喜的權利，叫世界都來振奮。

更何況，文學向來是文明大海中最輕柔亦是最激昂的波瀾，即使是這波瀾裡一顆飛濺的小水珠，都飽藏了多少人世的風景。

青澀和波瀾，以及長者的言語，匯集成《北市青年》這一小小段落的精品，我們獻給您，青玉般的感情。」

我用上了我能掌握的，所有美好的詩意修辭，排除了其實我更拿手的晦澀語法語句。因為在這些片段的句子中，藏著一顆年少心靈對於M，青玉般的感情。

安靜空蕩的戲院

我的電影啟蒙書，是但漢章寫的《電影新潮》。那是時報出版創立初期的出版品，後來很快就在市面上消失了，似乎也沒有重出過。我國中二年級時，在住家旁的「盛大行」書局信手翻開，但漢章序言裡開頭的一段話，嚇了我一大跳。他說書裡的文章，原本出現在中國時報的專欄上，欄名叫「新電影性電影」。專欄裡談的，是臺灣看不到的電影，西方六〇年代性解放風潮下，誕生出大量挑戰裸露與性行為禁忌的電影。但漢章坦白說，專欄見光，受到很大壓力，後來不得不改名成「電影新潮」，拿掉了「性」字。而且，看報的人，都把他想像成一個滿腦子骯髒淫念的老頭子。

欄名、書名裡沒有「性」，但文章內容卻仍然處處是「性」。而且還附上了或清晰或模糊的電影劇照，大部分都超過了市面出版品的色情尺度。這種書，怎能不鼓起勇氣來付錢帶回家？

想想，還真不知道但漢章在那種年代怎麼找到那些材料的？大概是靠用各種管道偷渡到臺灣的進口雜誌吧！他最大的本事，是用文字將這些他自己應該也沒機會看到的電影，寫得精采深入，讓人不會懷疑那其實是轉手、二手的資料。後來我們了解了，這番本事背後，是他對電影巨大、專注的熱情。他後來拍了「怨女」，找來夏文汐演張愛玲筆下的女主角。我坐在電影院裡，一邊看著銀幕上閃爍流影，一邊想像但漢章一定充滿野心，想把這部電影拍成詮釋「性壓抑」的經典作品，向他年輕時寫過的那些「新電影性電影」致敬兼競爭吧！

我在《電影新潮》裡讀到了一個不同的世界，時間上與我所活的世界平行，但卻是幾乎沒有交集的世界。碧姬芭杜的「性感」，瑪麗蓮夢露的全裸月曆彩照，庫柏力克「發條橘子」裡貝多芬交響樂與雜交行為的韻律搭配，帕索里尼怪誕淫蕩的「十日談」，一直到在美國爆紅的「深喉嚨」。啊，「深喉嚨」原來是那樣的「深」法！

我還讀到了那個世界在性暴露與表演背後，更古怪的邏輯。讀到了法國新浪潮運動昂揚的導演「作者論」，讀到了安東尼奧尼對於「真相」的尖刻懷疑態度，更讀到了美國學生運動與古怪的「嬉皮」生命哲學。

那個世界和我生存的世界少有交接，又讓我不得不感到好奇與訝異。從但漢章的書中，我知道了電影「畢業生」中達斯汀．霍夫曼演的男主角原本是迷惘困惑地周旋在一對母女之間，但是進了臺灣之後，透過字幕翻譯，母女硬是被改成了姊妹。而我們還該對這樣的改造拍拍手，因為如果不改，如果檢查單位不接受這種改法，那麼「畢業生」根本就進不了臺灣。

衝擊最大的，還有從書裡發現：我曾經看過的「羅密歐與茱麗葉」，竟然也被動過手腳！剪掉了一段兩人在茱麗葉房內幽會，羅密歐背部全裸，茱麗葉上身半裸的鏡頭！

但漢章解釋：莎士比亞的戲裡沒有這段。然而加上了這段顯示兩人身體親密程度的戲，卻能讓後面兩人殉情的結果大增說服力。不然，前後只有幾天的相遇相戀，怎麼可能刺激出可生可死的浪漫強度來？

在我懵懂少年心中，彷彿點開了一線光明，卻又快速蓋闔起來。難道，性不是件可恥陰暗的事，與令人羨慕嚮往的愛情對比，反而是愛情的構成成分，甚至是愛情中最強烈濃烈的部分？難道，羅密歐與茱麗葉的經典愛情，都含藏著不道德的因素，這樣的愛情豈不就不再偉大了？

矛盾的感受在我心中，不，在我身體裡激盪著。我強烈渴望著，能夠再看一次那部電影，來尋求安定。然而，少年的我活在一個還沒有錄影機錄影帶的時代裡，到哪裡去再看一次「羅密歐與茱麗葉」呢？我找不到「羅密歐與茱麗葉」。不過，搬家到民生社區後，有一天，卻是「羅密歐與茱麗葉」找上了我。我一如往常在行天宮圖書館念書，累了走出圖書館，穿過我的祕密通道，進棒球場裡看藍天襯著右外野不完美的草地。混了一下，該回圖書館了，先越過南京東路，眼前一片玻璃小窗中，赫然展示著「羅密歐與茱麗葉」的電影海報。玻璃小窗掛在一個白色建築物門口，白色建築縮在一道鐵欄杆圍牆後面。圍牆的大門敞開著，旁邊飄揚著兩面救國團綠色的團旗。多次經過，我從不知道這是什麼地方，也沒有動機要去弄清楚。

「羅密歐與茱麗葉」給了我充分動機。我四下張望，沒看到會喝斥人的警衛，大起膽子半躡著腳進去，才發現玻璃窗邊有一片招牌，上面寫著「青康」兩個字。啊！原來這裡就是「青康戲院」！那個報紙電影版躲在角落，總是一次放映兩部電影的最末輪電影院！

我從來沒想要去「青康」，因為「青康」放的電影老到通常在週末「電視長片」節目裡都播過了，而且想像中的末輪戲院，會有多髒多臭多可怕！竟然搬家也把自己搬到「青康」旁邊，竟然「青康」乾乾淨淨，毫無可怕之處。

後來知道，圍牆圍住的，是救國團的「臺北學苑」，戲院本來是住在學苑裡住宿生的「青年康樂中心」，常常放電影，乾脆對外開放賣點票。跟藏在都市角落的其他二輪三輪戲院當然不同。

我在票口買了票，進入空蕩蕩的戲院，重看「羅密歐與茱麗葉」。心中想著但漢章說的那段被剪掉的戲，我抱持好奇精神，重新體會整部戲的每一個愛情段落，自己將那原本該有的鏡頭補了回去，安安靜靜沉陷在自己的迷惘裡。

和她的過去短暫交錯

有些地方，鮮明地印在記憶的地圖中，再清楚不過，所以也就不可能也不需要到現實裡尋索了。

我記憶中的嘉義，完全不同於現實裡去到、看到的嘉義。現實裡的嘉義，我最熟悉的噴水池，噴水池旁的夜市，夜市裡的中正路，中正路上的「林聰明沙鍋魚頭」，那是去嘉義最大的理由。南來北往，很多機會到臺南、高雄乃至屏東演講、開會什麼的，但奇怪，演講、開會卻幾乎都不在嘉義。沒關係，只要目的地是臺南、高雄、屏東，而且是自己開車，我一定找一程，看是去程或回程，從高速公路溜下來，走垂楊路進市區，去吃一碗「林聰明沙鍋魚頭」。

林聰明這個名字很有親切感。小學五年級吧，班上轉來一個新同學，就叫林聰明。林聰明也許沒有特別聰明，但卻有一項沒人有、以前也沒人聽說過的大本事。他在之前讀的學校，好像是雲林，參加過體操隊。所以他可以跑幾步，起跳，輕鬆來個前空翻。

林聰明的前空翻我們永遠看不膩，永遠看不夠。太厲害太神奇了。不幸的是，班上有不自量力的白目同學，看林聰明前空翻神情愉悅一翻就過，以為自己也能夠墊步起跑起跳，給它翻一下。結果呢？當然沒翻過去，摔下來撞傷了頭。老師發起脾氣，禁止林聰明再表演前空翻。

還好，晨間打掃我跟林聰明分在同一組，負責掃林森北路圍牆外的人行道。我們扛著竹掃把在規定區域隨便走一圈，就聚集在偏僻的角落，用盡一切辦法，央林聰明翻筋斗給我們看。那不是一個小小的筋斗，在林聰明的筋斗裡，我們得到堅強的示範證明——武功這回事，畢竟是真的。

嘉義沙鍋魚頭的林聰明，當然不是小時候表演前空翻的那個林聰明。賣魚頭的林聰明豪邁好客，知道我從臺北繞路吃，會堅持多打包一點魚湯讓我帶走。有時還順便多包一個炸好的大魚頭，買魚頭送湯，有道理，哪有買湯再多送魚頭的？

前一陣子去，赫然發現林聰明的店大翻修了。遠遠看一眼就滿嚇人的，整間店都用原木材料包起來。近看更嚇人，那還不是普通木頭，從上到下，從牆壁到桌凳，統統都是臺灣檜木。

看我目瞪口呆，林聰明把我帶進他店後面，還有更嚇人的。嘉義鬧區夜市裡，他那房子後面竟然有一片上百坪的院落，院子裡長著參天大樹，沒有幾十年長不成的大樹。樹下散放著更多更多臺灣檜木木料。

那片院落曾經是最早的嘉義女中校地，他那間店，原來是日據時代的老診所。他愛魚頭，更愛臺灣檜木，只要有人拆舊房子，他就趕快想辦法把拆下來的檜木料救回來。

真是大隱隱於市的嘉義一景。後來遇見一位世居嘉義，已經移民美國的朋友，聊起來才發現他竟然不曉得家鄉有林聰明這神奇一景。聽我描述，他回鄉探親時趕緊去找林聰明沙鍋魚頭，為自己的家鄉理解補了一課。

這位朋友的家就在嘉義火車站前，開照相館。在美國初遇時，聽他形容，我的直覺反應是：「啊，我有印象！」

是的，最深刻記憶裡，十八歲第一次去的嘉義，有那麼一家照相館。我和B搭野雞車下去的。野雞車沒有固定的車站，在火車站前繞了個彎，停下來放客人，就剛好是照相館前。

照相館是我到嘉義第一眼看到的。從照相館開始，每一樣東西，都深深烙印在我記憶裡。

沿著馬路，我們朝中山公園的方向走。走了一段路，向右轉進一條很安靜的巷道，在一間很安靜的日式舊宅前停了下來。然後，M從舊宅門裡彷彿像夢一般走出來。

一個不在團部辦公室的M，總讓我覺得不真實。不對，也許是反過來，不在團部辦公室，卸下了救國團文藝大姊姊的身分，M才變得真實，太真實了，我以為只能在夢中遇見。

那是M少女時代的舊居，M結婚後才真正搬離那間留著木門木窗的房宅。要去美國留學前，她特地回家與父母告別，順便也告別在嘉義的往事經驗吧。再從嘉義上臺北時，M就不會再去團部辦公室上班了，只剩下打包行李確認所有手續都辦妥當了的一點時間。

去嘉義，是B提議的，「要不然就沒有時間道別了。」是啊，要不然就沒有時間了。那個下午，我們進入M的少女回憶，她帶我們看她少女時代的房間，稍稍褪色了的照片，然後去附近的市場閒晃，最後晃到中山公園，看公園裡巨大的樹木，沒有幾十年長不成的大樹。

B正式說了「一帆風順」、「到美國要寫信」一類告別的話。我什麼都沒說，什麼都不願意說，只是很認真地想辦法將那短短幾個小時的嘉義景色，包括初春灰晦的天空，街上迴盪著蒼老的閩南語，統統記進腦海中。我知道，我清楚明白，我只有這個機會，只有這短短幾個小時，和M的過去，和她的記憶相交接。這是，這會是，我進入M的過往生命，唯一的機會。

天黑了，B和我搭上回臺北的野雞車，去程一路說話說不停的B完全靜默。坐靠走道座位的他，眼睛直勾勾盯著前面的擋風玻璃，我則轉頭看窗外快速飛逝的路邊風景。我知道B在想什麼，其實我一直都知道B對M也有很深的迷戀，我還知道表面開朗、多話的他，是個膽小鬼，必須拉著我才敢到嘉義送別即將遠去的M。或許，比我還膽小。

不過，我沒有辦法理會B，我沒有力氣去想B的感情，我被我自己的痛苦逼到車窗邊，努力拒絕告別嘉義，彷彿那樣也就可以不必告別M。

城市行走與鄉野漫遊

火車先是走在矮矮的屋戶邊，清楚看得到人家簷下晾晒的衣褲，不時還有屋內人影似幻似真忽忽閃逝，在永遠無法預計察覺的盡頭處。

不一樣的地理學

去淡水有比搭巴士更好的方式。那個時候，北淡線的火車還在跑，我發現可以坐公車到鄭州街後火車站，從後站買票進去，因為北淡線總是被排在最外面的第五、第六月臺，如果由前站走，要花許多工夫才到得了。

而且後火車站是個多麼有趣的地方！小時候家裡開服裝店，每隔一段時間，媽媽就得走一趟後火車站，那裡有臺北最大的鈕扣店。連綿一整排的店，每家都有架子放滿白色或牛皮色的紙盒，紙盒打開來，裡面是各式各樣的鈕扣。鈕扣店中間，還穿插了幾家散放濃厚香味的店，那是臺北最早的化妝保養品集散處。那個時代化妝品的最大宗，還是香皂跟花露水；或者該說，那個時代，連香皂都還算得上是重要的淑女化妝用品呢！

媽媽通常會趁去買鈕扣時，買幾盒半打裝的蜂王香皂和黑砂糖香皂。不是我們家用得了那麼多香皂，而是先留好過年過節送禮用的。送禮對象，幾乎只有一種，就是學校的女老師。爸媽平常沒那麼多時間管我們的作業功課，所以更仔細準備給老師的禮物。

端午中秋，只要是女老師就送香皂。四年級以後，我的導師是男的，沒關係，媽媽想出新辦法，冬令救濟要捐舊衣服時，我帶到學校去的，是依照老師太太身材裁減做好的新衣，那幾天老師總是會對我特別好些。

為什麼鈕扣、香皂集中在後火車站呢？爸爸告訴過我，每個城市都有火車站，都有前站跟後站，前站和後站一定長得不一樣。

這是有道理的，火車站當然要有火車鐵軌，而且一定有很多條鐵軌經過，以前的時代，鐵軌貫穿，就把城市的交通切開來了。平交道不方便，陸橋更少更不方便。所以前站後站，看起來很近，但被鐵路一隔，就變得再遠不過了。

前站是要吸引外來客的地方，一定有很多做過路客生意的，旅社、餐廳、特產行這類的。後火車站就不一樣。後火車站的生意，不是要賣所有過路客，而是讓遠方買主有道理坐火車來買。

站前忠孝西路館前路南陽街，有很多補習班，每天都是少年人進進出出。補習班設那裡，主要就是考量交通方便，五路人馬都能到這裡來。道理上看，後站跟前站一樣方便嘛，可是補習班就比較少開到後站這邊來，後站也就不會有那麼多跟少年人有關的商店。

後火車站，尤其是鄭州路，以前最熱鬧最有名的，是賣鈕扣，全臺灣的鈕扣中心就在這裡。鈕扣店旁邊自然生出其他跟裁縫做衣服有關的材料店，像是賣毛線賣蕾絲邊等。為什麼這裡賣鈕扣？因為鈕扣式樣可以比衣服式樣變化快，而且鈕扣輕，所以臺灣各地做衣服的人，都能夠每隔一段時間就搭一趟車，上臺北來選幾包鈕扣，帶在火車上回去用。不能讓人家來臺北還要轉車，所以當然要靠近火車站，可是又不是火車站來來往往的人都要買鈕扣，所以不必開到前站區去，後站就是最佳選擇了。

香皂化妝品的道理也差不多，輕便容易攜帶，南來北往的人只要從後站出去，花不了多少時間，就能買齊他們在自己鄉下地方買不到的時髦物品，帶回家去送人或炫耀。

這是我從爸爸那裡學來的，跟學校教的大不相同的地理學。

學校教：淡水古稱滬尾，是臺灣最早對外開放的港埠，因為處於淡水河口，吃水夠深、河面夠廣，可以供遠洋貿易船停靠。

學校也教：中國第一條鐵路興築起來後，因為被居民抗議，不得不拆掉，拆下來的鐵軌，後來就運到臺灣，鋪設從新竹到淡水的鐵路。

可是學校課本沒教，這條鐵路沿線，經過多少精采的地方。與其說是搭火車去淡水，不如說搭火車一路玩到淡水。從臺北站開出，沒幾分鐘就到了雙連。雖然雙連從家裡走路都可以到，我還是喜歡下了火車，出了站，站前兩排街坊都是賣青草的，突然之間眼中映滿深淺不同的綠色，那種感覺很奇特。從火車下來看到的雙連，不再是家裡附近的熟悉地方，一轉沾染上強烈的異質甚至異國情調。走在雙連站前，空氣中都是濃濃的青草味，店家當然不會理會一個東張西望的國中生，兀自走到街尾，買一杯青草茶，或者想不開時買一杯苦茶，我就在沒人理會的情況下再走回火車站。

下一個有趣的站，是士林。和雙連一樣，那是我常去的地方，沒有必要搭火車去。可是我實在太喜歡那個小站的味道了，保留了日本人小巧的木造風味，而且受到開馬路安排的影響，士林站跟全臺灣所有火車站都不一樣，沒有站前廣場，沒有以火車旅客為對象的商店，只有一條幽幽的地下道，出站就只能一頭鑽進地下道裡，從小北街街邊鑽出來，眼前看到另外一個從日本時代忠實保留下來的木造建築，一個透著安靜意味，和車水馬龍格格不入的派出所。

士林很熱鬧，士林站卻很冷清。除了少數幾十年養成習慣搭火車進城的歐巴桑之外，誰還會要坐火車到士林？我常常一個人下車，一個人在月臺上晃蕩猶豫，到底要不要出站，如果下一班車遲遲沒來，可能就晃到出口，繞著小小的花圃走走，回頭看那風味站屋，然後進入地下道，自己曉得這樣的行動毫無道理，卻就是感覺到一種難以言說的快樂。

死亡的幽微身影

相簿裡留著一張很蠢的照片。我們家四個小孩的合照，蠢的是我，拿著一個燒餅，嘴半張著，眼睛沒有看鏡頭，卻看向旁邊鏡頭外的不明物體。

媽媽說，那是在院子裡拍的。一大早，我還沒吃完早餐，站在那裡膽小緊張地提防著家裡養的，叫「莉莉」的狗。

大約三、四歲時的事，我完全沒有印象沒有記憶。聽爸媽和姊姊回憶，後來莉莉生了小狗，然後某一個早上，莉莉和小狗都死了，大概是吃到跑進院子裡的死老鼠，一起被毒死了。

那應該是我經歷的第一件死亡。因為年紀太小，也因為跟莉莉來不及有感情，所以她的死亡，對我沒有衝擊。

後來小學時，接連兩年，祖母和祖父相繼去世。我長大有記憶時，祖父就中過風，身體很不好，大部分時間都留在家裡中庭旁邊一個小房間裡。小房間鋪著地板，頂上有個天窗，陽光會從天窗上透下來，照到坐著的祖父的腳，那是我對祖父最深刻的印象。

祖母胖胖的，身體比較強健，可是因為裹過小腳的關係，也不太能活動。我們住在臺北，祖父母難得來一趟，我只記得他們來通常會帶一大袋花生來。那幾天，爸爸會拿酒瓶自己壓花生粉，屋子裡滿滿的花生香。

回花蓮時，當然會跟祖父母請安。然而出於幼童的本能吧，我一般都跟祖父母保持一定的距離，不知道該跟他們說什麼，他們大概也不知道要跟我說什麼吧。

本來比較有活力的祖母，竟然先去世了。我們從臺北趕回花蓮奔喪，帶著大包小包行李。快到門口前，爸爸突然將行李都放下，跟媽媽一起跪下，一邊大聲哭號一邊膝行前進。我嚇了一大跳，從來沒有看過爸爸激動的樣子，那樣的爸爸讓我極度陌生。

喪葬儀式持續了三天，大門口路上搭起的棚子裡掛滿了「地獄圖」，我們大家配合道士的指揮，時而集合在棚子裡行禮或跪拜，儀式一直到晚上。我清楚記得，子夜時分，大群家屬繞著一個大汽油桶燒金紙的情景。火光熊熊往上躥躍，先照亮了每個人身上的白布麻衣，空氣對流捲得披在頭上的幡巾不定向亂飛，夜空被劃開成兩段，有火光掩映變換顏色的動態部分，還有外圈本來寧靜的黑暗。

三天中，中風後不能言語的祖父，坐在門口擺放的藤椅上，一動不動。沒多久，祖父也走了。我們又回花蓮，換成三天送走祖父的儀式。那些儀式如此類似熟悉，以致於我每次抬頭都錯以為會看到祖父還坐在門口的椅子上，然後才意外他已變成掛在靈堂上的一張黑白照片。

算是幸運吧，對於死亡，死亡的不可逆，死亡帶來的悲傷，老實說，小時候的我沒有太多體會。死亡一直是件抽象的，遙遠的，知道但卻沒有直接感受的事。

後來開始讀小說，接著開始自己模仿寫起小說來，倒是在小說裡碰觸了許多死亡。死亡是個終極的結束，讀小說寫小說讓我確切體認，死了就是死了，死了就沒有「再來呢？」可以問了。

所以好多小說都是以死亡結尾的，或者該說，好多能夠說服我感動我的小說，都是以死亡結尾的。不曉得為什麼，想事情，我總是忍不住問：「再來呢？」今天之後是明天，今年之後是明年，一直有新的時間接續而來，也就一直有「再來呢？」的問題在我心中迴盪。

小說，別人的生命別人的故事，怎麼結尾？黃春明的《兒子的大玩偶》，小說結束處，可憐的爸爸突然開始往臉上塗粉，舉動的確讓人驚訝也讓人感動，但我無法不在心裡問：「再來呢？」小孩看到爸爸又成了小丑，就又會笑了嗎？

只有死亡阻止探問，無法再探問下去，死亡跟所有事物都不一樣，具備別的事物沒有的終極與終結性質。從小說中，我隱約感知了這點。

那時我已經開始嘗試寫小說了，喜歡搭北淡線火車去淡水。火車路線平行著觀音山的山腳，看著窗外，將視焦放遠，可以看出觀音山優雅美麗的輪廓；然而若是拉近視焦，觀音不見了，只剩下一叢一叢綿延過去的墳堆。從火車上近看，觀音山其實是一大片墳堆，無窮無盡的死人聚集棲息之所。

我腦海裡反覆響著瘂弦的詩句：

既被目為一條河總得繼續流下去：
世界總這樣老這樣，
觀音在遠遠的山上，
罌粟在罌粟的田裡。

世界總這樣老這樣，似乎太有道理了，但世界究竟總如何老如何呢？

北淡線上有一站叫竹圍。我在竹圍亂走亂逛，突然看到一塊招牌，寫著「馬偕醫院分院」，中山北路上的馬偕醫院我再熟不過，卻不曉得竹圍這邊還有另一座「馬偕」。我信步順著指標走上去，一段斜坡路後，出現了很不像醫院的建築。我甚至沒有靠近去確認那就是「馬偕分院」，心中自然地將幽靜環境中的病院，和河對岸的墳堆，牽接了起來。我彷彿看到一位我從來不認識，但注定是我生命中最重要的情人，形影漂浮在前方的小路。我好像來到這裡探詢她細緻而微弱的生活的，但同時又好像已經知曉了，在另外一個時間裡，我將越過淡水大河，爬上觀音山路，去看她長眠的墓地，上面長了各式野花。

一時，死亡竟然有了具體的意義，對我。我放棄了原本要去淡水的旅程，搭上回臺北的火車，想著回家要寫一篇與死亡有關，可生可死的愛情小說。

下午的俗世風情

我一次又一次明明買了到淡水的車票，卻在竹圍就下車了。彷彿要到淡水的是我，但中間被小說裡的角色附身替代了，他，而不是我，和竹圍有關係。

那裡，竹圍的馬偕分院，有他深愛的少女，那個終究到了小說結尾時，會被葬在觀音山上的少女。

我在竹圍穿街過巷，不知道自己要去哪裡，該要幹嘛。可是卻又離不開竹圍，在竹圍才能感受他的悲劇，清楚其悲劇結果，卻不清楚悲劇因由與過程的某個巨大的迷團，關於愛情的迷團。

一定要寫一個很不一樣的愛情故事。我的心中固執地反覆響著這個念頭。在竹圍無目的地走著，口中唱出電影「羅密歐與茱麗葉」的主題曲：「What is a youth? Impetuous fire. What is a maid? Ice and desire……A rose will bloom, and then will fade, so does a youth, so does the fairest maid……」莎士比亞的詩句化成歌曲，竟然就變得易懂可解了。電影畫面隨而以不同的混亂次序，在我眼前晃動。要寫一篇不一樣的愛情小說，就是這樣。我刻意用不容打折商量的口氣對自己說。

遠遠地凝視馬偕分院的窗口，我試著讓自己看見那美麗卻蒼白削瘦的身影，「削瘦的靈魂」，配得上削瘦靈魂的軀體，還有面容，可惜七等生的《削瘦的靈魂》寫的是他自己做師範生的思考與折磨，不是女孩，不是愛情。不過削瘦而單薄的靈魂，符合我想像的愛情對象。

如果是我，我會愛上什麼樣的人，會認定什麼樣的人，適合做為生死愛情的對象？在竹圍構思小說時，我不免如此自問。一顆削瘦而單薄的靈魂，是我唯一能找到的答案，抽象的答案。我對女孩的認識太少，無從具體起。擁有一顆削瘦而單薄的靈魂的少女，應該長什麼樣子，應該說什麼話，應該有怎樣的遭遇，除了生病和最後葬在觀音山上的結局之外？

沒有答案。那女孩的形貌、笑聲、身世，她會說的話和她會穿的衣服，空洞洞的窗口沒有顯現。我的小說只能停留在固執抽象的寫作意念裡，更慘的是，另一個我本來沒打算要問的問題，也沒有答案。我會愛上什麼樣的人？我會愛上值得愛的人，擁有值得擁有的愛情嗎？這個人，比小說裡的那個女孩，更飄渺更難捉摸，也更叫人頭痛。

抱著隱隱作痛的頭，我回到車站，搭下一班火車再去淡水。淡水鎮上充滿了水的味道，有河水裡的土泥味，有海域特有的腥味，還有風中含滿濕氣撲襲鼻頭而來的說不上來的味道。順著水味引領走，街上味道最重的地方，可以找到市場，市場邊一條窄窄的下坡路到底，就是渡船頭。本來的水味之外，這裡的空氣多增加了濃厚的渡船引擎散放出來的油味。

突然不想上渡船了，雖然遠遠河口的夕陽看來應該會很美，適合搭了渡輪到八里荒涼的碼頭上安安靜靜地等它落下。然而，那多像小說場景啊！愛情小說的男生和女生，總該在八里碼頭對著落日有些什麼吧。斜披的光線照在一大片黑泥沼地上，映顯成奇特的青紫色，密密麻麻小坑裡的螃蟹似乎更忙了，煞有介事地從這個洞到那個洞鑽爬著。再過去些是成排的漁船停泊著，船上隨意掛著幾片漁網，像極了印象畫派中的顯影。那樣的八里，不是我這個時候的困頓心情能承擔的。

離開渡船頭，就進了市場。下午，攤子差不多都收了，不過市場卻不是空的，每隔幾步就有人在忙著處理漁貨。新鮮魚貨是天未亮時就來的，下午則是要把沒有賣完的雜魚，放在一個大缽缸裡搗成魚漿。那麼多不同的魚經過搗打，打到骨頭魚刺都不見了，就開始產生黏性，再也看不出一點魚的模樣。很多魚販，會在旁邊準備一個小炭爐，簡單的就在爐上放一鍋水，講究一點則擺一鍋油。魚漿打好了，抓一小把揉一下，往滾水裡一甩，就變出魚丸來。如果用竹片輕抹一層撥進油鍋裡，那就是甜不辣了。

我在那裡看呆了，好心的攤家會用帶點不耐煩的口氣，叉一顆魚丸或一片燙呼呼的甜不辣，對著我說：「小弟，這拿去吃看看。」好像站在那裡就有義務幫他們試吃做好的魚品似的，如此正免除了我的尷尬，不客氣也說不出謝謝地將食物接過來，一邊吃一邊點頭，攤家說：「一定好吃的。」

還真好吃。攤上另外有一個臉盆，裡面裝了透明晶晶亮亮的東西，我還來不及細看，像是水的液體倒了進去，盆中嗶哩啵囉冒起眾多大小泡沫來，接著傳來奇特的酸味。攤家看我一臉疑惑，解釋給我聽：「這是用雙氧水煮吻仔魚。吻仔魚用滾水煮會散掉爛掉。平常別人都是在船上就煮了，所以別的市場只賣白色的、煮過的吻仔魚。我們這裡比較講究，還要賣透明漂亮的生吻仔魚，賣不完的下午才煮，這樣理解嗎？」

理解了。嘴裡又含進一口剛用雙氧水煮好的吻仔魚，魚的香味中還夾著雙氧水的氣息，我突然覺得，人有沒有辦法想像出可生可死的愛情，能不能遭遇值得生死追尋的愛情對象，也沒那麼重要啦！

出了市場，落日正大大地懸在河口上。

木炭與麵攤

那條路，到現在還叫「英專路」。「淡江英專」早已經消失許久許久了，先是改名叫「淡江文理學院」，後來又成了「淡江大學」，學校的大門改了個方向，不再直接對著階梯，另外開了馬路方便車子上去，然而原先從車站通到學校的馬路，竟然還留著「英專路」的名字。

這樣的懷舊堅持，在臺灣還真罕見。我開始搭火車去淡水時，「英專」就已經走入歷史了；更早，我表哥從花蓮北上考大學，念的就已經是「淡江文理學院」的日語系了。我有印象的，是週末表哥會到我們家來幫上了國中的姊姊們當家教，那個時候的大學生，還穿制服，表哥常常在陽臺拆了褲帶，用銅油認真地擦他的皮帶頭，擦得金光閃閃。表哥跟姊姊們相處得不是很好，他講起什麼事都習慣用一種得意洋洋的口氣，聽來就像是一連串不停歇的誇耀，跟正經歷青春期浪漫彆扭的姊姊們的情緒，老是犯衝。姊姊們用各種臉色表情與肢體動作，反覆表現她們的不滿，表哥不可能不知道。事實上，爸媽也不可能沒察覺，然而站在補貼表哥生活費的立場，爸媽還是堅持週末的家教課要繼續上。

直到有一次，表哥帶了同學一起來，上完家教他們在陽臺上聊天，聊到前幾天到英專路的麵攤上吃麵，三人點了三碗麻醬麵，然後合力幹掉桌上滿滿一罐免費提供的辣菜，辣得直吐舌頭。要走時，看到老闆垮下來的臉色，他們覺得有趣極了，邊講邊又大笑一場。

這段聊天對話，被爸爸聽見了。連續好幾天，爸爸耿耿於懷，想起來就說：「三碗麻醬麵才給人家幾塊錢，怎麼可以這樣！」爸爸還對著媽媽跟我們幾個小孩，回憶起戰爭時代，家中最困苦的狀態下，賣過木炭。木炭是一車一車賣的，裝滿木炭的車要用繩子綁起來，牛拉的車子動起來，一不小心沒綑緊的木炭會掉出來，祖父總是堅持一有木炭掉了，就得停車撿起來塞回去，大姑姑有一次嫌麻煩不肯撿，說：「就只有一根木炭嘛！」結果挨了揍，祖父生氣了：「一根炭就可以占人家便宜嗎？為了一根炭的便宜，害神明詛咒我們李家，值得嗎？」

爸爸深信，無論如何不能占人家便宜，何況是為了惡作劇糟蹋人家的好意，害賣麵的人平白損失一罐辣菜。從那以後，表哥的家教就取消了。

淡水客運站就在英專路口，遙遙與火車站對望。整條英專路排滿了各種攤子，販售所有學生生活中可能用到的食衣住行物件。走在英專路上，我不免想起表哥和他們的惡戲，東張西望看看哪一個麵攤最像是表哥他們光顧的。同時東張西望看看哪一個麵攤，可能是陳映真小說取材的依據，會不會剛好是同一個麵攤呢？

本名陳永善的陳映真是我知道真正念淡水英專的人。那個時代，淡水英專真的是專門教英文的，所以陳映真念的當然是英文，也才會憑藉著他的英文背景，先是當英文老師，後來進了跨國藥廠工作。

最早在圖書館裡難得借到一本遠景版的《第一件差事》，極喜歡陳映真充滿沉痛溫情的小說。然後不曉得從哪裡讀到陳映真曾經坐牢，小說也被查禁的事蹟，於是陳映真早年的小說，跟劉大任的《紅土印象》就成了我最希望能讀到的書了。高一在校刊社，竟然就遇到一位學長炫燿自己手上有一本《將軍族》。想盡辦法把那難得的書借到手，二話不說，準備了一疊白報紙，坐下來就開始抄寫，抄下來的第一個標題，就是〈麵攤〉：「『忍住看，』媽媽說，憂愁地拍著孩子的背：『能忍，就忍著看罷。』」

努力地抄，花了四天的時間才抄完。將寶貴的禁書還給學長，自己手上有了更寶貴的禁書手抄本。小心翼翼先用訂書機一篇篇訂好，再拿藍色的海報紙裁了張封面，捏出書背，用散著濃厚米味的醬糊貼起來，書封上什麼都沒寫，再將做好的書藏進衣櫥裡。

如此抄寫的過程，再細的細節都不可能放掉。我當然知道〈麵攤〉的小說中，明白地提到了西門町，可是那裡卻完全沒寫到電影院、荒蕪的街景形容，都讓我覺得很難跟西門町聯想在一起，毋寧更像一個熱鬧小鎮上會發生的事吧！

正好像淡水那樣的小鎮，英專路那樣的街道，適合讓從鶯歌來的陳映真有所感觸有所取材吧！而那個艱苦養著弱病小孩的麵攤主人，也像是會保留著從鄉下帶來的淳樸古意，習慣在桌上擺著一罐免費辣菜，讓客人的麵多點滋味、少點寒酸，也因而很可能就成了惡戲的大學生作弄的對象了。

走在英專路上，藉由一個我從來無法確知其實情的麵攤，我慢慢摸索理會，自己生命根源價值的來龍去脈。我會被陳映真的小說如此吸引，或許必須遠溯自祖父不能忍受牛車上掉下來一根木炭的態度，早在那裡，就注定了我會有著對於公平正義格外敏銳的反應，也因而對於人生面對種種誘惑的巨大墮落可能，有著強烈的焦慮。

原來，這些不見得是偶然的際遇造成的，而是某種經由血液決定了的事？

我的鄉土補課

前幾天，在電臺節目上，跟來賓聊到張文環寫過一篇關於「檳榔籃」的故事，順道提起臺灣傳統的「謝籃」，我隨口附和說：「以前主要拿來裝謝禮的籃子」。話講完，腦袋中突然閃過大姑的面容，我沒時間多想，繼續把訪談進行下去。

節目結束了，一打開錄音室的門，我敲敲自己的腦袋，唉，話說得太快太草率了。「謝籃」不是望文生義裝「謝禮」的，任何需帶出門的重要東西，都會裝進編織得精美漂亮的「謝籃」中，因而傳統上最常用到「謝籃」，是到廟裡進香時提獻神的供品啊！

我也就理解了為什麼大姑會在那瞬間跑出來。因為大姑是我們家的「拜拜顧問」，關於拜神祭祖，什麼可以用什麼不可以，怎樣的東西用在怎樣的場合，媽媽向來都依賴大姑的指導。

媽媽對一些事反應跟別人大不相同。家裡的相簿中，唯一一張在行天宮照的相片，相片中有三姊有我有媽媽，還有一位叫 Lisa 的阿姨。Lisa 阿姨不是外國人，她留著長長直直「蘇西黃」似的頭髮，一看就知道是當年在酒吧上班的小姐。媽媽完全不在乎自己是有四個小孩的「良家婦女」，跟 Lisa 好得很，會帶我們去行天宮，是因為 Lisa 要去拜拜。

家裡的相簿還有一張媽媽跟樓上鄰居的合照。以前每個看到那張照片的人都會尖叫：「這是楊小萍！」那是成名之前的楊小萍，天天在洗澡間裡練唱歌，我們樓下都聽得清清楚楚。楊小萍後來大紅特紅，可是媽媽從來沒動過念頭去找人家至少要個簽名什麼的，連進到唱片行幫外婆買美空雲雀，都不會好奇順便買一張楊小萍。

後來開服裝店，正在電視上主持「翠笛銀箏」的崔苔菁晃進店裡來，看上一件涼紗連身裙，多講了幾次價，就被堅持不二價的媽媽趕了出去，甚至沒有看在人家是大明星的份上少罵一聲「奧客！」

最特別的還有媽媽在拜拜這件事上驚人的沒概念、沒興趣。德惠街上有一間廟，小時候我會去廟前的水池看魚，卻完全沒有印象曾經進去燒香拜拜過。後來我們家隔壁的乾洗店老闆兼營一間廟，經常在我們巷子裡搭棚子大拜拜，我記得門口供桌上滿滿都是紅龜粿和白米的驚人景象，但也完全沒印象曾經進去燒香拜拜過。當然，我們更沒有什麼到遠處進香迎神的經驗了。每次家中需要拜拜的重要節日，大姑都不放心地趕來照看，而且幾乎每一次都真的會有讓她不能放心不該放心的狀況出現。

第一次感覺到自己對拜拜的獨特無知，是小學畢業前到三峽白雞遠足。下了車，老師就趕鴨子般趕大家：「先進去拜拜，祈求神明保佑平安，然後再到庭中大樹下集合。」別的同學都自然地從邊門進去，只有我傻傻地差點闖了大門。人家一進去就到香火處拿香點香，只有我連到底該拿幾枝香都沒一點概念。只好緊跟著一位同學，看人家怎麼做就跟著做，覺得在廟裡面繞了好大一圈，繞得頭快暈了，才把手中的香插完。

那樣「拿香跟著拜」，拜不出個名堂，更記不得任何程序，還是對別人視為再簡單再自然不過的事感到極度陌生。我真正學會如何在廟裡拜拜，還要再等三、四年，到我高一時，在我反覆前往淡水的旅程經驗中。

那時候，「鄉土」概念開始流行了，鄉土文學也有了相當的氣候。我在淡水自己晃啊晃，晃進了窄窄的重建街，宛如闖進了鄉土小說的場景裡，大為驚異。在重建街上來回走了好幾趟，開始覺得自己或許也可以趕流行寫一個鄉土故事：住在窮街角，只認識自己鄉土小鎮的老人，思念他那去了大都市討生活的兒子，於是就牽著孫子，先到旁邊的廟裡拜拜，求籤問兒子是否平安，不料抽中的竟然是個下下籤。老人慌了，前思後想放不下，終於鼓起僅存的所有生命動力，用輕顫的聲音對孫子說：「走，阿公帶你去找爸爸！」

重建街走出來，高高低低的土階連過去，就是清水祖師廟。那應該就是老人要去的地方。我在廟庭前，感到一股強烈的羞愧。是的，我的小說在這裡打結了，因為我無法具體想像帶著小孫子的阿公，到底要如何求神拜佛，以致得到那張讓他驚恐不已的下下籤？

勉強還記得進門必須走右側的邊門，不能踩到門檻。我在龍柱下假裝專心欣賞那細密的雕刻，盡量縮小自己的形影不被注意，偷偷地觀察每一個進到廟裡來的人，跟隨他們每一個動作步驟。看著他們到水槽旁拿盤子，將帶來的水果供品放上去，在供桌上擺好；看他們打開一包香，在油燈前點燃整把香；看他們走到門外對著天空拜拜，在外面的香爐裡插香；更仔細地看他們如何拿筊杯，如何擲筊，如何抱起籤筒裡的籤枝找到對的一枝，回頭再到神明前擲筊確認，然後認號去取籤詩……。

我在那裡待了兩三個小時吧！每一分鐘都認真在看，甚至認真在記，那是比學校功課更重要的功課。我知道，那是我的鄉土補課，後面有我對於自我鄉土無知的愧慚。

從清水祖師廟走出來，我重重地呼了一口氣。還好，我跟那個想像故事裡的老阿公又接頭了，透過廟裡的層層儀式，在那當下，那彷彿是人生最要緊的一樁身分與資格。

對河猜疑

後來知道，有另外一座廟，跟清水祖師廟一樣有名，叫清水紫雲巖。都有「清水」二字，不過此「清水」非彼「清水」。清水祖師廟的「清水」指的是祖師爺的來源，清水紫雲巖的「清水」才是標示廟的所在地方的。

第一次到臺中清水是跟一群高中死黨一起去的，我們中間有一個同學老家在清水。我們從臺北搭火車，沒耐心多講究，有平快車來就上，到了竹南下車，從山線換海線。海線車沒來前，先出了站吃飯，走進一家小店，老闆問我們哪裡來的，念哪個學校，聽到答案突然興奮起來，說：「建中的應該很厲害喔，我問一個簡單問題，答對了這頓飯免費。」老闆自己定了遊戲規則，他問完問題後，喊一二三，我們要一起講答案，必須每個人都講對，只要有一個人講錯，就算錯。

好吧，反正錯了也不會割一塊肉。老闆問了：「你們現在在臺灣省的哪一個縣？」一二三，我們一起回答：「新竹縣！」只有一個同學說：「苗栗縣！」老闆很得意地搖搖頭，我們都轉身瞪那個白目說「苗栗縣」的同學，沒想到老闆微笑著說：「只有一個人答對。」

可是我們明明在竹南站下車啊，竹南怎麼可能不在新竹？老闆跟我們解釋：竹南是日據時代留下來的舊名字，那個時代沒有苗栗縣，只有新竹州，竹南是新竹州南邊的大站，山海線的交會點。可是後來改制，竹南就被劃進苗栗縣了。

老闆又追加一個問題：「新竹為什麼叫新竹？難道有『舊竹』嗎？」我們面面相覷，莫名其妙。老闆嘆口氣：「有沒有聽過竹塹？塹就是壟起來不高的矮城，城外有溝叫塹壕，竹塹就是上面種竹子的矮城，後來矮城廢掉改建堅強的石城，就叫做新竹城，這樣懂嗎？」

應該懂了吧。老闆又嘆口氣：「建中的學生這些東西都沒學到，太可憐了，送你們每個人一塊油豆腐吃好了！」我們其實並沒有覺得自己很可憐，不過卻很樂意接受油豆腐的「安慰」。

吃著吃著，老闆端過來一盤炸排骨，遞給剛剛說「苗栗縣」的同學，「你本來答對了，卻被他們拖累，排骨送你吃。」哇，好慷慨！順便老闆又問：「這裡是竹南，那麼有沒有竹北？」我們試探地微微點點頭。「有沒有竹東？」也試探地點點頭。「那有沒有竹西？」這下不敢點頭了。遲疑一陣，一個同學說：「有關西，我表哥在關西當兵。」「可是沒有竹西，對不對？為什麼沒有竹西？還不只這樣，你們看，有臺北有臺南有臺東，可是就沒有臺西，為什麼？」

我們怎麼會知道為什麼？老闆指著馬路那頭，豪氣地說：「看到沒有，那家招牌上的飯店，是我們竹南最氣派的一家，你們下次回來告訴我為什麼沒有竹西沒有臺西，我就請你們去吃那家飯店。請建中的高材生，是我的榮幸！」可惜，後來我們誰也沒去找出那問題的答案，也沒有再回去竹南找那位豪氣老闆。而且建中畢業了，臺大畢業了，我還是不知道為什麼新竹的地名裡沒有竹西，也不確定這個問題真的有答案嗎？

被老闆如此牽延，我們沒有趕上原本看好的火車，又在月臺上多晃了大半小時，到清水時，已經是黃昏時刻了。在同學老家吃了一頓火鍋，天就暗了。到紫雲巖上，偌大個廟好像被壓扁了，浮貼在薄薄的殘剩天光上，很沒有真實感。朝廟門走去的路上，突然廟門上的三盞燈眨巴眨巴地亮了，白白的光螢螢飄飛起來，連帶廟也跟著離地，彷彿隨時不小心就會搖搖擺擺升空去似的。

繞過廟，同學把我們帶到廟後面一片空地。給我們看那裡的河谷，應該就是大安溪切流而過的位置。河床很寬很寬，不太看得見河對面的景色。然而同學要我們努力看，就在紫雲巖的正對面，有一波波的山陵線條起伏，接著他還要我們在暮暗裡看，那邊的山影中應該有一個更黑更深沉的黑點。

那是他小時候去看過去探險過的山洞入口。據說洞口是自然的，但是進去沒多久就會看到壁上有清楚打鑿的痕跡，那是日據時代後期，大批日本兵進去開挖的。美軍打下了硫磺島，大家都猜下一個登陸作戰目標，會是臺灣。駐臺日軍積極準備殊死戰，選擇重要的戰略據點挖山洞，做為部隊最後退守的基地。

那山洞究竟挖了多深，沒人知道，因為沒人有辦法走到山洞盡頭。不少人試過，其中還有幾個人進去就沒出來。於是地方有各種傳言，說洞裡面有機關，甚至說裡面還留有日本兵。那不是單純的軍事防守山洞，一定還藏了日本人特別搬進去的種種寶藏。日本人在臺灣搜括那麼多資財，戰後怎麼都不見了，沒有交給接收的人？一大部分應該就藏在裡面。

「哇，那我們一定要去！」「我們一起去，反正走多深算多深，說不定讓我們找到寶藏！」「裡面是不是很多彎彎曲曲的叉路？說不定以前的人都沒走對的路？」我們七嘴八舌討論，同時熱切地問在地同學他去山洞探險的經驗記憶。

「可是，說不定會死哪，有人沒回來呢！」在地的同學警告。「反正要死一起死，像溫瑞安小說《鑿痕》裡面寫的那樣，在探險中一個一個死，也過癮！」忘了到底是誰說這話的，話一出每個人都覺得熱血沸騰，竟然真的有可以讓我們死在一起的冒險處所，多麼神奇！

可惜，後來我們也沒有安排那想像中的冒險隊去探訪山洞，山洞裡真的有寶藏有祕密嗎？

大排水溝那頭

清水祖師廟的廟埕望出去，是層層疊疊人家的屋頂。或許，當年開廟時，這片面河的坡前還是空闊的吧，看得見河與河上來往的點點漁舟，應該也看得見更遠處的河海交界。後來人口漸漸密稠了，大家都擠靠在廟旁邊，圖平安保佑，也圖離有各種鬧熱的廟口近些，於是陸陸續續就將廟和河間的下坡路堆滿了。

我坐在廟庭前，看著那些屋頂發呆，慢慢地，注意力無法繼續集中在淡水，開始滑離出去。為什麼明明位於淡水的廟，卻叫「清水祖師廟」呢？清水不是另一個地方的地名嗎？不，我所知道，我所認識的，就至少有兩個不同的清水。

一個清水，是阿姨住過的地方，要去的話，須在青島西路等公路局車。下了車之後，沿著一片種滿七里香的道路走，夏天的時候，那些樹會先開小小的香花，淡淡的卻可以傳得很遠的氣味，讓人立刻體會「七里香」名字的來由。再過一點日子，修剪得矮矮的樹籬，就長滿一顆顆結結實實的紅色小果實，最適合摘來放進自己綁的竹槍裡打仗。

路的盡頭，有一條大排水溝，要在那裡左轉，轉上溝邊的泥土路。有時候會看到穿著雨衣雨鞋的人站在溝中，水差不多淹到他的胸口。爸爸會低聲罵一句：「電魚的，一電魚死一大堆，大的小的都死光了，那麼小的都電死，以後哪還有魚？」

媽媽則忙著照看我們幾個小孩，不能太靠近水溝，免得掉下去，也不能離水溝太遠，會摔進另一邊的田裡，那衣服鞋子就都完蛋了。叫來喚去，媽媽卻還有餘力講她小時候在花蓮，地方上要開大圳，引水道往吉安那頭灌溉稻田。圳開來了，卻遲遲沒注水，原來是傳統迷信要找一個「走水人」，把一個人放進圳中，開閘門讓水進來，那人往前跑，水兇猛在他後頭追，這樣引水讓水知道該順著圳路走，以後就不會改道氾濫。「走水人」不好找，因為危險性很高，一不小心，「走水人」跑輸後頭的大水，他就成了大圳龍王廟的第一個祭品了。

也許鄉人本來的習俗，就是要安排一個人淹在大圳水裡，才算吉利？聽說找來「走水」的，都是沒某沒猴的流浪漢，死了也沒人計較的那種人。通向吉安的大圳找不到「走水人」，消息被外公知道了，外公很不能同意這種舊習俗，於是花了很多時間跟地方人士溝通，勸他們取消「走水人」的儀式。最後是在日本人的支持下，大圳沒有「走水」就開通了，很多日本大官都來參加開通典禮，好熱鬧。有一陣子，那條圳俗稱「阿謙的圳」，意思是如果淹水出了事，外公許錫謙要負責。

媽媽轉頭問爸爸：「你家就在圳旁邊，你說有淹過水嗎？」爸爸笑笑，沒回答。逕自找了一條田埂右轉，在我看來，每條田埂長得都一模一樣，可是爸爸就是會記得哪一條通向阿姨家。田埂很窄，窄到我們前後排成一列，專心看著腳底，沒有功夫講話。一會兒，安安靜靜的空氣突然被狗叫聲擾動了，好像在狗叫傳入耳中的瞬間，嗅覺也才醒過來，聞到了稻田的味道，也聞到稻田邊小池塘裡滯水蒸醞出的特殊氣息。

狗一叫，屋前一定就出現人影。阿姨或者姨丈，後面跟著他們家的小孩。姨丈的廣東腔很重很重，我常常沒辦法第一時間立即聽懂他說什麼，不過幾乎毫無例外，從屋裡出來迎接我們時，他一定是講吃的，屋裡準備了哪些東西要給我們吃。

殺了一隻雞或是包了一桌水餃，要不然就是有部隊裡帶回來的麵餅，這是姨丈的好客表達。然而我們不是為了好吃的東西來的，阿姨家有其他有趣好玩的。阿姨家沒有自來水，門口立著一口小小的水井。井口用厚厚的木頭蓋蓋著，旁邊放一個綁了長繩子的水桶。小表弟最喜歡帶我們到井邊，逞強用盡力氣打開蓋子，邀請我們用桶子打水。水桶丟進去，握著繩子東搖西搖，興沖沖地將水桶拉上來，哇，怎麼會沒水？比我們年紀都小的小表弟，就在等這個必然的結果，他挺直了背接過水桶，一拋一搖一拉，光看他漲紅臉費力拉繩子的樣子，就知道桶子裡是滿水的！

阿姨家的房子外表沒有敷水泥，當然更不會上油漆，一塊塊磚明明白白顯露著。大表弟會帶我們一人去敲一小角磚塊下來，就可以拿去屋後畫圖了。屋後還有一片竹林，大表弟表演功夫，高高跳起抱住一根竹子，用全身的重量加力量，把竹子彎曲下來，讓我們看到竹子驚人的彈性。大表弟想像著，如果能夠長得再高些，跳得再高些，弄得竹子再彎些，有一天，竹子產生的彈力，在反彈回去的瞬間，就可以把他甩飛出去，像有輕功那樣飛過竹林梢頭。

阿姨家的房子裡面，也沒有我們習慣的天花板，所有小孩們大家一起躺在一大片木板床上，抬頭就看到一根根的木頭樑柱，還有樑柱與三角屋頂間形成的種種奇特幻影。電燈熄了，眼前不是黑暗，而是不同深淺的影子，遠遠近近凹凹凸凸，而且此刻是遠的，下一刻會變成近的，凹下去的悄悄變成凸出來了。

睡了一晚起來，廚房裡有特別的香味，蒸饅頭的味道。一人手上拿一顆饅頭，不必像在家裡那樣坐在桌前，可以到門外去吃，外面的清晨空闊矇矓，隱約看見一道長長的牆，姨丈發現我一邊啃饅頭一邊盯著那堵牆，靠近過來跟我解釋：「那就是姨丈部隊駐守的地方。」那年，姨丈官拜上尉，他的部隊，負責看管土城看守所。他們都不太愛說自己住「土城」，寧可用比較小比較沒人知道的「清水」，一個靜靜小村莊的名字。

似酒的十月秋陽

我是直接從碧潭去到海邊的。

國中三年級，很孤單的一年，為了準備聯考，學校重新編班，前兩年跟我一起踢足球跑田徑跟隔壁學校鬥狠的同學，一個分到所謂的「五專班」，其他都在放牛班放牛吃草，只有我自己分上了「好班」。而且我家從住了十年的雙城街，搬到了民生社區，連小學的玩伴也沒法隨時找了。

沒有了朋友玩伴，突然空出許多時間來。我去博愛路的功學社買了一把吉他，繞到重慶南路書店又買了兩本《民謠吉他》教本。我看別人都用楊光榮的版本，但怎麼看都覺得那個本子醜醜的，有一種特別的寒酸氣，所以完全衝著封面美術設計，選了另一種上下兩冊的。翻開來，下冊連續給了兩首唐麥克林的歌，*Vincent* 和 *And I Love You So*。這個厲害，我聽過唱片裡巧妙的吉他聲音，不像平常只有和弦伴奏，唐麥克林清楚地彈出主旋律，然後在底下襯著變化節拍的和弦。我要學會那樣彈吉他。

仗著學小提琴多年的底子，沒有去找老師，沒有去上課，就憑那兩本《民謠吉他》，在民生東路的新家裡關著房門猛練猛彈。週末常常一彈就是三五個小時，彈到昏天暗地，只記得肚子餓了出來找飯桌上的東西吃。

吉他彈累彈煩了，就只能去碧潭。碧潭更遠了，我必須先搭六十三路或二五五路公車，回到原來住的中山北路那邊，再換往新店的車。花了那麼多時間才到得了，常常一去了就不想離開。

那一回，是潭面上實在太擠太多人了，划來划去，竟然真的找不到一個安靜些的角落。還有一對情侶好像老在我旁邊繞，那男的總是在教女朋友怎麼划，總是強調划船多困難，還總是語帶恐嚇地說如果船沒控制好，離開了平靜的潭面溜到下游，就會被河水帶走，一路一直帶往中興橋，甚至帶到河口去，回不來了，多危險。

我每次都在心裡暗罵「胡說八道」、「無聊」。罵了幾次，覺得最無聊的是自己，於是鬱悶地還了船，上了岸，離開碧潭。反射地走到馬路上，反射地等車，反射地上車，心中絲毫沒有要回家的念頭，卻也完全沒想還能去哪裡。

坐在顛顛搖搖的車上，很快就打起瞌睡來，一直感覺到自己的頭不時敲在車窗玻璃上，痛一下又痛一下，但就是醒不過來，或者是不想醒過來。

醒來發現窗外的景色陌生，車子竟然在水邊奔馳著，好大一片水攤開來，同樣是水，水的那邊有綠綠的山，可是這水的規模，不止碧潭不能比，甚至也比鯉魚潭大得多。大到改變了山跟水的關係，水面好像夠將山撐浮起來，山不再是範限水的終點，比較像是水景的一部分，溫馴地被水推來推去，時而向前，時而向後。山，而不是我坐的車，在動著，前後動，左右動，甚至還上下動。

我睡過站了，我知道，卻一點都不驚訝，更不慌張。馬上想起這車從新店碧潭，會開到一個叫淡海的地方。那是淡水河的出海口，於是明白了，在車窗外巨幅托擁著山的，原來還是那條從碧潭一路流下來的河，瞬間有了一種溫暖的錯覺，忘記了是我自己搭著車往河下游追逐而來，還以為是河隨著我，從碧潭來到這裡跟我會合。

接著自己在心裡笑起來，為什麼剛剛會對那個教女友划船的男生那麼不耐煩？或許是我直覺地曉得河下游，河水淌淌往大海去的方向，必定是個氣派的所在，不可能是那男生小裡小氣講的危險地方。

沒多久，車子進入小鎮，暫時和大河告別，車停下來，原本的乘客幾乎都下光了，還好跟著又補上幾個新乘客，讓我安心知道這應該還不是終點。車子又開了，一會兒，河回來了，而且河岸寬廣，成排窄窄像玩具般的小舟停放在沙地上，舟裡披掛著更小更像玩具的網子，清楚標示著它們的漁船身分。車迂迴幾轉，停在大廣場前，所有人，除了司機，都站起來，我知道淡海到了。

秋陽似酒。這是我多年後，才在劉大任小說裡讀來的形容，可是那潑灑在沙灘上的十月陽光，真的就給我一種介於迷惑和暈眩的感受。我還沒有真的看到海，卻已經察覺自己的感官進入一種前所未有的高度警覺狀態，聽覺、嗅覺、觸覺、視覺全都敏銳地準備著，還沒有接收到訊息，卻先興奮地預期著那訊息的新鮮與獨特。

海潮的聲音，海風裡濃淡變化著的鹹味，風以不同強度與方向劃過皮膚，然後是那從不可逼視的亮白，到最深沉、勉強才能與墨黑色分辨開來的藍綠色，層層疊疊推壓推壓鬆散鬆散的海洋模樣。我站在淡海海邊，感覺海洋，既而被海洋包圍，既而海洋進入我的身體，所有的感官都是海，又都是我。

我曾經在湖上，恍惚以為遠遠的山在對我說話，溫溫吞吞地說些仁慈訓誡的話。站在淡海海邊，我更明確感受海在對我說話，但它的說法，強悍直接不容反駁，它沒有召噢，沒有「來，我跟你說」一類的開場，就是堅決地灌注進來，從每一個毛孔灌進來，每句話都是命令式，沒有猜測、猶疑的一點點空間。

它說了，那天下午我在淡海聽見，生命不可以細碎猥瑣，不可以逼仄狹隘，要廣大要開闊，要相信自己可以像大海一般豐沛豐富，一直如此相信，一直如此追求。

失落的速度感

南北高速公路、北迴鐵路、鐵路電氣化、桃園國際機場、臺中港、蘇澳港、大煉鋼廠、大煉油廠、大造船廠、核能電廠。

到現在我還一口氣背得出「十大建設」的項目，當年反反覆覆不曉得被考過多少次的。背得滾瓜爛熟，自然也就刺激出了好奇心，想要看看這些偉大建設的真實面目。

一種方式是打開報紙電視，很容易就可以看到宣傳意味很強的照片或影片，而且畫面裡常常伴隨著戴工地安全帽的蔣經國或其他官員。另外一種方式，則是想辦法到現場去。

沒有想像中那麼困難。回花蓮的路上，就可以同時看到北迴鐵路的山洞正在挖，過了南澳有一段鐵路平行沿著公路走，還能追蹤鐵路整地鋪軌的進度。還有蘇花公路的起點處，一個大上坡，爬到最高點，往車窗外看，蘇澳港的全景盡在眼底，除了原本會有的大小漁船之外，多了許多重型機具置放在港口碼頭，最醒目的就是高高的起重機。

高二時，要輪值到萬華站當糾察隊。早班七點不到就得站上月臺，不可能先進學校，所以在月臺盡頭倉庫區邊，有一間小屋堆放著糾察隊的行頭。包括頭盔、肩帶、皮帶、綁腿和導護棍。行頭上身後，人看起來就不像高中生了，有一種特別的氣派，不過那種氣派中又夾帶著不稱頭的半吊子，明顯是想學軍人又學得不徹底的模樣，而且還得杵在人來人往的月臺上一個多小時，滿尷尬的。

換裝的小屋旁，就緊鄰著一根電氣水泥柱，上面拉著層層疊疊看來滿嚇人的電線。站在月臺上，我們也有多得用不完的無聊時間，可以盯著那一排排整齊的電線桿看，一班班的列車進站了，遠遠就分辨得出對號以上還是以下的班次。對號、平快和慢車，還是用柴油車跑，不像觀光、莒光號改成電氣車。柴油車頭上面沒有扣住電線的拉桿，而且柴油車會不斷發出強烈的味道，我們可以清楚體會鐵路電氣化造成的變化。

不過最感興趣最好奇的，還是高速公路。很想知道在高速公路上，究竟能跑多快，跑那麼快究竟是什麼感覺。第一次看見高速公路的全貌，是在電視上「翠笛銀箏」的節目裡。這個節目最大賣點，就在出外景，把歌星們送到各種不同地方，在不同風光中對嘴唱歌。那些歌沒什麼稀罕，但外景鏡頭卻真的能滿足很多沒那麼容易出門遊玩的觀眾。

高速公路完工通車的第一段，是從臺北到中壢。正式通車前，「翠笛銀箏」外景來到了泰山收費站。看到崔苔菁站在多得數不清的車道前面主持開場，還真的滿震撼的。短短半小時節目裡，崔苔菁反覆說了好幾次：通車以後，高速公路隨時有車輛飛馳，再也不可能站在那裡入鏡拍攝了，那真是難得的、空前絕後的歷史畫面。

我一直記得泰山收費站那片壯觀的景象，不過還得隔幾年，阿姨家從清水搬到新竹後，才真正有機會體驗高速公路。

阿姨仔細交代了路程。到臺北車站，但不必去公路北站搭公路局班車，更方便的方式是到館前路口的一大塊空地，那裡會有遊覽車停放，買了票直接上車，乘客坐滿了就出發，不用在站裡傻等，車上有冷氣可以享受。那是第一代的高速公路野雞車。我們上車的地方多年之後，終於蓋起房子，一蓋就蓋了超過五十層，就是今天的新光人壽站前大廈，一度是全臺灣最高的樓。

遊覽車外表漆著奇異的淺藍色，配上咖啡色的隔熱玻璃，看起來像以前「保密防諜」宣傳畫裡不懷好意的匪諜。上了車還真的有冷氣可以吹，而且真的快快就坐滿位子出發了。

可是出發後，卻不是立刻上高速公路，而是先過橋進了三重，在擁擠的馬路上走走停停。車子停得久些，冷氣就變溫了，讓人的心情更加不耐，高速公路到底在哪裡，陸地飛行般的快感何時才來？

好不容易車子終於從都市的街道中脫困，開始沿著圓弧形的匝道繞行，看過多次關於高速公路的報導，我知道這就是進入高速公路的開端了，我還可以由記憶中叫喚出看過的美麗空照圖，交流道的多條弧線組構成像是蝴蝶輪廓般的圖案，想想自己搭的車正在其中的一條弧線上加速，等轉直了就可以從拘鎖中解放，在高速公路上自由飛馳。野雞遊覽車轉直了，後面的引擎努力地拉高聲響，速度稍微增加了一點，然而還是清楚感覺到龐大車身的笨拙啊！完全沒有突然輕盈向前衝刺的快感，甚至比不上我參加運動會跑百米時的那種速度刺激，這真的是高速公路嗎？

我在心裡算著：中運會百米賽跑我最好的成績是十二秒左右，用那樣的速度一分鐘跑五百公尺，六十分鐘三萬公尺，也就是每小時三十公里而已。可是明明高速公路上的車輛可以開到時速九十公里，還有報導說非法野雞車為了趕時間搶客人，會超速開到一百公里以上。怎麼在車上的速度感那麼平庸？

我很想離座到前頭去查看司機的儀表板，看他怎麼在高速公路上開慢車。沒辦法真的離座，還好沒多久發現了，路邊規律立著標示牌，清楚記著應該是里程的數字。大綠牌寫著三十六，沒多久下一個綠牌就寫三十七。我知道了，拿起有秒針的手錶，我仔細地算，綠牌和綠牌之間，一公里的距離費去了四十秒，換算後，一分鐘應該可以跑一點五公里左右，原來我們的遊覽車每小時速度真的有九十公里！

理解這項客觀事實後，我頹然地讓自己窩靠入椅背，放棄想要從車窗景色獲得速度刺激的欲望，閉上眼睛看看能否在到達新竹前稍睡一下。

有「傅園」的風景

二十多年前，臺大還沒有那麼大。從新生南路大門進去，直溜溜的椰林大道，兩邊順次立著物理館、總圖書館、文學院、工學院、行政大樓、農學院、研究圖書館等新舊不一的建築物，然後路底有一大片振興草坪，草坪一邊是醫護室，另一邊是王大閎設計有著折斜屋頂的學生活動中心。活動中心後門開向另外一條路，那條路上則有普通教室、綜合教室等重要場地，另外還有籃球場。

籃球場後面是有跑道的大操場，跑道再過去則是棒球場和橄欖球場，隔著一條馬路，是外表全白的體育館，然後沿著辛亥路，校園的最邊陲，散置了一排破落的男生宿舍。

回憶這些，是為了凸顯其實那樣的臺大，在我們的眼中，已經很大了。已經覺得學校裡有很多地方可供我們遊逛探索。我們絕對想不到，在畢業之前，學校就悄悄朝後方擴張，多出了一塊校地擺放新的語言中心、視聽館，當然更想不到離開學校幾年後，臺大不只愈漲愈大，甚至索性整個轉了方向。

許多年來，新生南路羅斯福路口眾多商家，依賴臺大學生的消費習慣和消費力活著。十年前，誠品開書店，也還是選了新生南路的位置。可是現在到那附近遊逛，卻明顯感覺到學生少了許多。臺大並沒有減招，而是因為學生活動的區域變大，重點也轉移了吧！

移到當年我們根本不可能去到的辛亥路那一端。隔著種滿綠樹的辛亥林蔭大道，對面以星巴克為原點，附近的巷弄中快速長出了大量的店家。這裡，取代新生南路，成了臺大學生最主要的活動區域。

臺大變那麼大，對老臺大人的記憶，還真是個尷尬的負擔。不得不懷疑究竟還有沒有資格稱這裡是自己的學校。我已經不只一次，進到臺大要參加活動，卻找不到那棟我離校後才蓋起來的館舍。迷路了，在一個日夜生活過四年的地方迷路，滿糗的。

我不認識的臺大，已經超過我認識的臺大了。另一個感慨，也就愈來愈懷疑，那麼我所認識的那一部分「老臺大」、「小臺大」，對今天在臺大念書的人，有什麼樣的意義？還有意義嗎？他們的空間經驗被稀釋了，他們的空間記憶搬離了，那麼我們認定的臺大，對他們豈不等於不存在了？

如果不再以新生南路為主要出入門口，那麼勢必更少有機會走進傅園了。二十多年前，就已經有人念完臺大，從來沒進過傅園，可是那個時代，畢竟傅園還維持了一種浪漫鬼魅的獨特形象。傅園不大，但功用真大。傅園的中心，是老校長傅斯年的埋骨所在。在傅園，可以講傅斯年的故事，五四運動參與「火燒趙家樓」的革命青年，辦《新潮》雜誌和老師們的《新青年》相呼應。後來成了傑出的歷史學家，更活躍於經營「學術政治關係」，運用手腕促成了中央研究院歷史語言研究所的設立，事實上，史語所是中研院開院的第一個研究所，至今留著「天下第一所」的「大號」。這樣的人來臺灣接掌「臺北帝大」改制成的臺灣大學，卻在省議會和省議員激烈爭吵，突然間腦溢血，就過去了。所以才會埋骨臺大。

革命時代的人，聲音大、脾氣爆烈而且行動快速，這些特性傅斯年都有。還有，革命世代講起話來，口氣都很大，不是傲慢的那種大，是氣派的大，這傅斯年更有。他寫論文，「夷夏東西說」就要徹底改寫過去對中國古史的習慣看法；他講起「大學」，就用英文中的「大學」叫 university，字裡藏著 universe，於是就鼓勵學生要有「貢獻宇宙」

的精神。老天，不只是「世界」、「人類」，而是「宇宙」！傅斯年最重要的史學信條，也以同等誇張的語氣長留下來：「上窮碧落下黃泉，動手動腳找資料」。

傅園的深鬱氣氛，和傅斯年的大氣剛烈，形成強烈對比。這裡是整個臺大大樹密度最高的地方，不管任何時間都是蔭影滿地。所以另一個功能，這裡最適合孤僻沒什麼人緣，沒課時不知去哪裡好的人，獨處閒坐。校園的其他地方，行隻影單都難免不自在，只有在傅園，一個人坐著無所事事，理所當然。想起來了，我年少時期許多小說的發想，還有許多自認為最為深邃的哲學思辯，都是在傅園中枯坐坐出來的。

傅園還適合情人們講悄悄話。大概因為有老校長傅斯年幽魂猶在的氣氛吧，這個靜僻角落倒是很少會有情人們躲著火熱約會，不過如果只是要說小聲不能被別人聽見的話，傅園就是最佳選擇了。我們同學中，至少有兩對是在傅園裡表白訂情的，不過也至少有兩對是在傅園裡灑淚分手的。

最靠近傅斯年陵寢的地方，有一顆大樹，每年累累結實，那果實，大家都稱「麵包果」，只有我從來不習慣，對我而言，那就是「巴吉陸」。其他人看到樹上樹下的果實，通常心驚警告：「被打到了還得了！」只有我興高采烈的將果實拾撿回家，給媽媽加排骨煮湯。毫無例外，媽媽會說：「只有花蓮人懂得拿巴吉陸煮湯。」語氣裡聽起來，好像撿回巴吉陸煮湯能證明我的花蓮身分根源，是我念臺大最值得肯定的事呢！

日語老靈魂

臺北武昌街中華路口的「鴨肉扁」還在，每天師傅勤奮地在門前切鵝肉。等等，「鴨肉扁」切的，怎麼會是鵝肉？沒錯，這家老店，就是「掛鴨頭賣鵝肉」。要吃鴨肉，你得去金山廟口才對，中華路沒有好的鴨肉，卻有最棒的鵝肉。

不過，說人家「掛鴨頭賣鵝肉」，不盡公平。這家店真是老，老到它招牌用的，是我們這個時代不認識的字。別太自信說你認識「鴨肉扁」三個大字，那不是你想當然耳以為的。招牌上的「鴨肉」不是中文，而是日文漢字。我們叫做「鴨」的兩腳動物，日本人用假名拼成 kamo 的發音，而日本人用漢字寫的「鴨」，卻是我們叫做「鵝」的動物。

還有「扁」呢？接在「鴨肉」後面是什麼意思？你要不要猜猜看？

鴨鵝之分，是懂日文的父親告訴我的。那時候我剛上高中，開始和同學去西門町看電影，吃了「鴨肉扁」，回家說是「好吃的鴨肉配油麵」，被父親糾正了。應該就是這件事，引起了我對日語日文的好奇，日語突然除了家中爸媽拿來講祕密的用途之外，有了新的意義。

在那之前，印象中我只學會過一句日語，「關電燈！」每晚睡前，父親固定儀式性地用日語宣告「關電燈！」不一定是要媽媽或我們去關燈的祈使句，常常他自己手按在開關上，也會用日語說「關電燈！」鄭重表示一天的結束吧。

應該就是鴨肉鵝肉之辨，讓我開始跟父親學日語。用的是開封街老書店「鴻儒堂」賣的課本，很明顯頗有歷史的課本，說不定還是戰前就編的了。保留了大量漢字，反正漢字好認，用這種課本學起來進度快，有成就感。

上大學時，我已經跟父親學了三年日語。有一天，在臺大文學院圖書館書庫裡閒繞，看到架子上有一套精美華麗的《川端康成全集》，拿下來一翻，心神為之蕩漾——怎麼會有這麼美，卻又這麼艱難的日文？《雪國》開頭的一頁，我用盡腦筋頂多看懂三分之一，可是光是這樣，文字間就傳來撲面難擋的誘惑，挑逗身上感官極度不安。

我決心更認真學好日文，到可以閱讀川端康成的程度。那幾天，人生沒有比這個決心更重要的事了，甚至重讀《論語》時遇見「朝聞道，夕死可矣」這句話，都覺得有了新的理解和感應——有一天，讓我能夠徹底領會川端《雪國》裡文字所要傳達的美，我就能無憾地閉眼死去了吧！

我去聽了歷史系學長們上的日文課，卻發現「日文一」、「日文二」課堂教的，沒有一樣是我沒學過的，太簡單了。那個時代，臺大還沒有日文系，輾轉聽來，有一位嫁了臺灣人的日本老師開在法學院的日文，是全校最難的，據說一個學期的進度，就等於別人兩年。川端康成的魅惑引我搭上〇南公車從校本部去到法學院，摸索找到日本老師的課堂。老天！這個老師用的課本，竟然和爸爸選的一模一樣！

我在法學院上了兩年日文課，那兩年耗在法學院圖書館的時間，比在校本部全部時間加起來可能都多。一度，我也想在日文之外，找些法學院的課上上，從公布欄上貼了一大片的課程表中，選了兩門最吸引我的課，一門是「法哲學概論」，一門是「羅馬法」。我興沖沖地記了時間，興沖沖去了課堂上，卻以為自己跑錯教室了。「法哲學」課堂上，除了我，只坐了三個人。老師來了，看到我們竟然露出微笑說：「今年人比較多。」然後老師要我們自我介紹，聽到我說我不是法研所學生，想要來旁聽，老師臉拉了下來，悻悻地說：「你不能選課？可是課至少要三個人選才能開啊！」後來，「法哲學」沒開成。「羅馬法」呢？更慘，第一堂課連我來了兩個人，從頭到尾，老師都沒出現。噢，有一個大概是助教的人，上課鐘響五分鐘在教室門口晃了一下，看只有我們兩人，他連門都懶得進，直接就宣布：「這課不開了！」

這兩門沒上到的課，卻比很多修了上了也得了分數的課，對我影響更深。讓我確切理解到自己真是個怪人，我有興趣的東西，大概在這個社會就沒什麼機會得到熱門注意。一直到今天，我都習慣帶點歉疚地跟從事出版的朋友說：「啊，你們出的這本書我太喜歡了……不過，恐怕不太好賣吧？」

在法學院，只能乖乖上日文。日本老師的課真的很拚，第一學期期末考，別班大概還在考五十音怎麼認怎麼寫，我們班已經都考問答題。我印象深刻，最後一大題，給了圖像顯示天氣狀態與溫度，然後要求寫出一段青森縣天氣預報的廣播稿！別人叫苦連天，我卻慶幸感覺自己離川端康成愈來愈近。日本老師自己說話極細緻極好聽，平常她也不太在意我們的日語發音。上到第二年，有一天，或許是要獎勵我的日文程度吧，老師突然要我起來唸新要教的課文，我也沒多想，捧著書就唸了。文章滿長的，一邊唸一邊發現老師怎麼怪怪的，身體開始不自主的微微扭曲，等我唸完文章，老師終於忍不住爆出笑聲來。想想，那麼端莊淑麗的日本老師嗤嗤地笑起來！大家都很驚訝，也都不知道老師在笑什麼。

老師好不容易停了笑，紅著臉尷尬地解釋，造成她失禮的原因，是我發出的日語。明明是一個二十歲的男生，為什麼口中的日語聽來像是五十歲的歐吉桑，而且還有濃厚的鄉下九州腔！

講戰前九州腔的五十歲歐吉桑，那是父親。透過日語，父親靈魂的一部分，我最陌生的，他的日據時期成長經驗，竟然附體在我身上。那一刻，我的年輕身體和父親的老靈魂不意交錯交雜了。

曾經有過的中國情懷

我一直記得這樣的情景，黃昏時刻，我搭乘〇南公車，從臺大到中華路南站下車。下車時，腋下夾住的書差點掉了，不過老實說，沒掉才是奇蹟，因為那樣一本書厚到沒有什麼方法能安全地攜帶。那是日本學者滝川龜太郎編撰的《史記會注考證》，臺大圖書館藏有日本版原書，共分裝成十二大冊，然而神奇的臺灣盜版商，就有本事用大開本，每四頁縮印成一頁，硬是讓十二大冊變成一大冊。

阮芝生老師的課堂上，一定要帶這樣一本約莫有四塊磚頭大，兩塊磚頭重的大書。還不只這樣，阮老師的期末考，還會出默寫題。

我在站牌下，找到一輛停放的摩托車，將《史記會注考證》穩穩放在後座上。另外從書包裡拿出一張影印的書頁，上面印的是〈太史公自序〉和〈報任安書〉，就著殘剩的天光，繼續背誦。給自己的進度是，必須在回家前將這兩篇文章背起來。

能否完成進度，取決於一項關鍵因素——那輛載著女友Z的公車，什麼時候會到達中華路南站。我知道Z幾點下課，但這項資訊完全無助於我預測她什麼時候到中華路南站。下了課她要走到校門口等公車，等車的隊伍可能很長也可能很短。發出來的車班，可能很快，也可能很慢。最麻煩的還是公車要一路走縱貫道，經過新莊車站，經過三重、二重，上中興橋，才鑽進貴陽街出到中華路來。那一段路，每一個路口都可能在黃昏尖峰時刻大塞特塞，我清楚的很，因為我常常陪著Z坐這段路程。那兩年，我去輔大的次數，不會比去臺大少。

那是沒有手機可以聯絡的時代，所以我們都擁有今天難以想像的豐富耐心。只有說好，下課後在中華路南站見面。我一邊等一邊背書，同時咀嚼著心底的矛盾，如果Z早早到了，我就不可能繼續背書；然而要有充分時間背書，就表示遲遲見不到她那甜甜的笑容，總是開朗的眉宇和眼睛。

Z還沒來，冬天的夜晚卻先降臨了。我一步步離開天光籠罩的地域，退後尋求人工燈火照明。在我身後，是國軍文藝活動中心。貼著海報的櫥窗燈亮了，接著售票口的燈也亮了，還有通向樓上藝廊入口處的燈都亮了。我忍不住將眼光離開悲憤的太史公對李陵的描述，抬頭檢查一下。啊，今天的戲是由嚴蘭靜擔綱的，心頭砰砰地跳著。我第一次自己進到國軍文藝活動中心看戲，看的就是嚴蘭靜，坐在最遠最偏的角落，卻明明確確感受到她的眼光飄過來，飄上我的臉，在我臉上停留。那遠遠的笑容竟然違背物理原則，越過空間距離，彷彿就貼著我的臉，比電影裡占滿銀幕的近鏡頭特寫，還要逼近。我就是在那一瞬間，理會了看戲和看電影不一樣的感動與樂趣的。

我正盯著嚴蘭靜的照片看時，聽見了熟悉的腳步聲。回頭，果然是Z小跑步地過來了，而且她胸前抱著的，竟然就是我丟放在摩托車上的《史記會注考證》。《史記會注考證》抱在她手中，簡直像個小娃娃一樣大。也許也因為那樣，她特別喜歡幫我抱這本書，讓書塞了滿懷，而且還露出總也不厭倦的好奇與驕傲——怎麼有人讀得懂這麼厚的書啊！

我們商量一下，將晚飯的選擇減少成兩個。對面的「徐州啥鍋」，或是寶慶路口新開巴而可樓上的「大車輪」。「大車輪」賣的是日式料理，有熱熱的鍋燒烏龍麵可以溫暖冬天冷冷的胃腸。而且總是在櫃檯呼叫的老闆，是個極有趣的人，很樂於幫我練習正在學習的日語會話句型。他甚至還幫過我的日文作業，教我寫了一篇關於日本食物的文章。老闆會說卻不太會寫，他耐心地在櫃檯前不管其他顧客的眼光，一句一句講，我趕忙一句一句抄在筆記本上。老闆還會告訴我們他十三歲就被帶去日本當學徒的故事。不過，老闆有個壞習慣，Z很不喜歡。跟我們熟起來了，老闆不時會冒出帶暗示性的語言，測探我們兩人之間的身體親密程度。

好吧，那就去「徐州啥鍋」。和「大車輪」剛好相反，早聽說了「徐州啥鍋」的老闆是大明星葛香亭，可是我們卻從來沒在店裡見過他。「徐州啥鍋」最大的吸引力，是那裡的食物帶著的神祕陌生性質。我和Z都在臺灣本省的市井環境裡長大，對外省餐飲少有接觸。別說「啥鍋」，配「啥」的糝子餅都是新鮮奇怪的東西。看來像細麻花，怎麼會是「餅」呢？原來外面還要包上一層軟麵皮，軟中有脆、脆中有軟，讓人想起士林夜市的「大餅包小餅」。還有江米蓮藕，粘粘的米飯塞在蓮藕的孔洞裡，而且還甜甜的。

去「徐州啥鍋」，我們回返成兩個好奇的小孩，牽手一起探索沒有到過的中國鄉野想像，彌補我們來不及相識的童年。

《史記》、嚴蘭靜、「啥鍋」，那曾經是我自然接觸自然享受的中國，在一個中國意識還那麼理所當然的時代。

國 家 圖 書 館 出 版 品 預 行 編 目 (CIP) 資 料

尋路青春 / 楊照作 . -- 第一版 . -- 臺北市 :
天下遠見 , 2012.03
面 ; 公分 . -- (華文創作 ; LC070)
ISBN 978-986-216-906-3(平裝)
855 101003277

華文創作 LC070

尋路青春

作者—— 楊照
副總監—— 周思芸
副主編—— 盧宜穗
美術設計—— 陳文德

出版者—— 天下遠見出版股份有限公司
創辦人—— 高希均、王力行
遠見・天下文化・事業群 董事長—— 高希均
事業群發行人／CEO —— 王力行
出版事業部總編輯—— 王力行
版權部經理—— 張紫蘭
法律顧問—— 理律法律事務所陳長文律師　著作權顧問—— 魏啟翔律師
地址—— 台北市 104 松江路 93 巷 1 號 2 樓
讀者服務專線—— (02) 2662-0012　傳真—— (02) 2662-0007；(02) 2662-0009
電子郵件信箱—— cwpc@cwgv.com.tw
直接郵撥帳號——1326703-6 號 天下遠見出版股份有限公司

電腦排版—— 極翔企業有限公司
製版廠—— 東豪印刷事業有限公司
印刷廠—— 立龍藝術印刷股份有限公司
裝訂廠—— 明輝裝訂有限公司
登記證—— 局版台業字第 2517 號
總經銷—— 大和圖書書報股份有限公司　電話—— (02) 8990-2588

出版日期—— 2012 年 3 月 26 日第一版第 1 次印行

定價—— 320 元
ISBN —— 978-986-216-906-3
書號—— LC070
天下文化書坊— http://www.bookzone.com.tw